書下ろし

内偵

警視庁迷宮捜査班

南 英男

祥伝社文庫

目次

第一章　通り魔殺人

1

人が倒れている。

道端だった。渋谷《しぶや》の裏通りの暗がりだ。百軒店《ひゃっけんだな》の外れである。

尾津航平《おづこうへい》は立ち止まった。

闇を透《す》かして見る。俯《うつぶ》せになっているのは女だった。体つきから察して、二十代後半と思われる。どうやら酔い潰《つぶ》れてしまったようだ。

化粧が濃い。身なりも派手だった。ＯＬではないだろう。

六月上旬である。午後十時を回っていた。

左右には、酒場が軒《のき》を連《つら》ねている。人通りは絶えていない。それでも、酔いどれ女に声をかける通行人はいなかった。誰もが面倒なことには関わりたくないのだろう。

三十八歳の尾津は、警視庁捜査一課強行犯《きようこうはん》捜査第二係の刑事だ。女に何か悪さをする男がいるかもしれない。素通りするわけにはいかなかった。

尾津は女に近づいた。

「こんな所で寝込んでたら、危険だぞ。置き引きに遭《あ》うかもしれないし、体を触《さわ》られる心配もあるな」

「ん?」

女が薄目を開けた。とろんとした目で、充血している。吐いた息も酒臭い。

「何かいいことがあって、いつもよりメートルが上がっちゃったのかな?」

「そう、そうなのよ」

「どんなことがあったんだい?」

尾津は屈《かが》み込んで、相手の顔を覗《のぞ》き込んだ。顔立ちは悪くない。だが、品がなかった。

「中学んときから仲がよかった娘《こ》と三年ぶりに会ったのよ。ううん、違うわ。三年三カ月ぶりだったな」

「で、盛り上がったんだ?」

「当たり! そ、その彼女、二十歳《はたち》のときに出来ちゃった結婚して……」

「いまは子持ちの主婦なんだね？」

「うん、そうなの。だから、なかなか会えなかったのよね。わ、わたし、ちゃんと喋《しゃべ》れてる？」

「ちょっと呂律《ろれつ》が怪しいが、会話は成立してるよ」

「よかった。夕方から友達とハイピッチで飲んだんで、珍しく足を取られちゃったの。ちょっとみっともないね。えへへ。ま、いいか」

「その友達は？」

「さっき家に帰った。わたし、その娘《こ》を道玄坂《どうげんざか》でタクシーに乗せてやって、自分の店に戻ろうとしたの。だけどね、途中で動けなくなっちゃったわけ」

「ホステスさんかな？」

「これでも一応、スナックのママなの。『ブルーナイト』って小さな店なんだけどね。従業員を雇えるほど繁昌《はんじょう》してないから、わたしだけで切り盛りしてるのよ」

「自分の店で友達とグラスを重ねたのか」

「そう。も、もう少し休めば、歩けるようになると思うわ。心配してくれて、ありがとう。バイバイ！」

女が片手を挙《あ》げ、小さく振る。

「このまま立ち去るわけにはいかないな。おれが店まで支《ささ》えてやろう」

「いいの、いいの。わたし、あんまり他人《ひと》に迷惑かけたくないのよ。非行少女《ヤンキー》だったころ、いろんな人たちを困らせたからね」

「そうなのか」

「でも、それは昔の話。キャバクラでせっせと働いて、二年前に自分のお店を持ったの」

「たいしたもんじゃないか。まだ二十代なんだろ？」

「二十七よ。パトロンなしで、自力で『ブルーナイト』をオープンさせたの」

「偉いな。それはそうと、自分の店で酔いを醒《さ》ましたほうがいいよ」

尾津は女の片腕を摑《つか》んで、ゆっくりと引き起こした。

女がよろけた。尾津は支え直した。弾みのある乳房が触《ふ》れた。柔肌の温《ぬく》もりが伝わってきた。心が和《なご》む。

尾津は女好きだったが、別に下心はなかった。離婚して独り身だが、女性の弱みにつけ入るほど卑劣《ひれつ》ではない。

「なんか悪いな。でも、まだ体がふらついてる。おたくの親切に甘えちゃおうかしら？」

「そうしなよ。道案内してくれないか」

「う、うん。道なりに四、五十メートル歩くと、店があるの」

女が言って、尾津に凭《もた》れかかってきた。香水の匂いが甘やかだ。

尾津は女を抱きかかえながら、歩《ほ》を進めた。

「おたく、優しいね」

「普通だよ」

「ううん、善人だわ。女にモテるんじゃない?」

「いや、モテないな」

「嘘! わたしのタイプよ。上手に口説《くど》かれたら、拒《こば》めなくなりそう」

「なら、後で言い寄るか」

「きゃは!」

女が嬌声《きょうせい》をあげ、妖《あや》しく身をくねらせた。だいぶ男擦《ず》れしているにちがいない。

「店の客をほったらかしにして、友達を表通りまで見送ったのか?」

「お客さんは誰もいなかったの。だから、友達とがばがば飲んじゃったのよ。消費税が八パーセントに上がってから、売上は落ちっぱなしね」

「そうか」

「わたし、篠原香梨奈《しのはらかりな》っていうの。源氏名《げんじな》じゃなく、本名よ。こうして知り合ったのも何かの縁だろうから、気が向いたら……」

「そうだな」

尾津は曖昧に応じた。

ほどなく左手前方に『ブルーナイト』の軒灯が見えてきた。間口《まぐち》は、それほど広くない。

「ここよ」

香梨奈が店の扉を開けた。ロックはされていなかった。

尾津は店内に目をやった。右手にL字形のカウンターが延び、通路の左側に二組のボックスシートが置かれている。

「それじゃ、おれはここで……」

「帰っちゃ駄目よ。一杯飲《や》って。お礼のつもりだから、遠慮しないで」

「それじゃ、軽く飲ませてもらうか。もちろん、金はきちんと払う」

「お金はいいの。とにかく入ってちょうだい」

香梨奈は尾津の手を取って、強引に店の中に請《しょう》じ入れた。それから彼女は、急いで手洗いに駆け込んだ。尿意を堪《こら》えていたのだろう。

「少し売上に協力してやるか」

尾津は低く呟《つぶや》き、カウンターの中ほどに落ち着いた。

正面の酒棚には、さまざまなボトルが並んでいる。ウィスキーやブランデーは少なく、安い焼酎《しょうちゅう》が目立つ。庶民的なスナックらしい。

尾津は煙草《たばこ》をくわえた。

渋谷一帯は隅々まで知り尽くしている。宇田川町《うだがわちょう》だけではなく、道玄坂界隈《かいわい》でも飲んだものだ。

尾津は二年あまり前まで、渋谷署刑事課強行犯係の主任を務めていた。当時、すでに警部補だった。敏腕刑事として、多くの凶悪事件を解決に導《みちび》いた。

幾度も警視総監賞を授与されたことは、それなりに励みになった。といっても、ほとんど出世欲はない。現場捜査は性《しょう》に合っているが、偉くなりたいとは考えていなかった。

そもそも尾津は優等生タイプではない。無頼な面があり、血の気《け》は多かった。事実、妻の浮気相手を半殺しにしている。

その男は人妻を誘惑したことに後ろめたさを覚えていたらしく、ついに被害届は出さなかった。尾津は罰を受ける覚悟で、妻を寝盗《と》った男をさんざん殴打した。

だが、傷害事件は表沙汰にはならなかった。ただ、不祥事は渋谷署の署長に知られてしまった。何らかの処罰は受けることになるはずだ。

尾津は、そう予想していた。しかし、意外な展開になった。

離婚した翌月、人事異動で本庁捜査一課強行犯捜査第二係に転属になったのである。左遷どころか、栄転ではないか。尾津は戸惑いを覚えた。

捜査第二係は、未解決事件を継続捜査している。所轄署時代の活躍が高く評価されたのだろうか。そんなふうにうぬぼれかけたが、転属になったのは二年二ヵ月前に新設された迷宮捜査班の分室だった。栄転ではないだろう。

分室は、癖のある刑事たちの吹き溜《だ》まりだった。要するに、尾津は体《てい》よく渋谷署を追い出されたわけだ。

それを知っても、特に傷つくことはなかった。食《は》み出し者の自分には案外、居心地がいいかもしれない。そういう期待が膨らんだせいだ。

本家筋に当たる第二係は、ベテラン捜査員が圧倒的に多い。経験が浅くては、とても職務をこなせないからだ。

中高年の捜査員は、どうしてもフットワークが重くなる。分室は、動ける若手で固めるという名目で設けられた。しかし、実際は窓際部署に近い。

分室室長の能塚隆広《のうづかたかひろ》警部は五十九歳で、古いタイプの刑事だ。DNA型鑑定に頼りがちな科学捜査には懐疑的だった。

自信過剰なほど刑事の勘を信じている。以前に誤認逮捕をしているにもかかわらず、自分の経験則を決して棄《す》てようとしない。

その点は、きわめて頑固だ。頑迷《がんめい》と言うべきか。能塚室長は、部下たちの意見にはめったに耳を傾けない。指示が見当外れだったとしても、それを素直に認めることはなかった。

理想的な上司ではない。ただ、短所ばかりではなかった。人情味はある。口こそ悪いが、腹黒くはない。それが救いだろう。

主任の勝又敏《かつまたさとし》は、典型的な地方公務員だ。与えられた仕事は片づけるが、職務に対する意欲は感じられない。責任感も強くなかった。

職階は尾津と同じだ。勝又主任は数カ月後に満四十三歳になるが、ずっと若く見える。童顔で、細身だからか。

勝又は上昇志向が強い。これまで何度も昇任試験を受けたが、いまだに警部になれない。だからといって、焦《あせ》っている様子はうかがえなかった。

勝又は個人主義者で、あまり協調性はない。同僚や上司と飲食を共にしたことは、ほんの数回しかないはずだ。

いわゆるオタクで、いま現在は〝ももいろクローバーZ〟の熱狂的なサポーターだ。ちょくちょく仮病を使って、アイドルユニットのライブ会場に駆けつけている。

勝又は、まだ独身だ。恋愛は面倒だと言っているが、女嫌いというわけではない。ゲイではなさそうだが、変わり者であることは確かだ。

分室で最も若い白戸恭太《しらときょうた》は、元暴力団係刑事である。分室が設置されるまでは、本庁組織犯罪対策部第五課で麻薬の取り締まりに当たっていた。もっぱら潜入捜査に従事し、だいぶ手柄を立てたと聞いている。

白戸はレスラーのような巨漢で、体重は九十キロ以上だ。風体《ふうてい》は、やくざに近い。眼光も鋭かった。粗野そのもので、上役に敬語を遣《つか》うことは少ない。

白戸は三十五歳だが、三つ年上の尾津のことは単なる同輩と思っているようだ。ごくたまに丁寧語で喋ったりするが、普段は友人のような接し方をしている。

白戸は捨て身で、型破りな生き方をしていた。法律やモラルは無視し、性欲は人一倍強い。三日もセックスしないと、とたんに苛《いら》つきはじめる。

白戸は暴力団の息のかかったクラブ、風俗店、秘密カジノで只《ただ》で遊んだ上、帰りに〝お車代〟をせしめているようだ。本人はそれを認めていないが、噂《うわさ》は事実だろう。

生意気な後輩刑事だが、どこか憎めない。社会的弱者や高齢者を労《いたわ》る優しさを持っているせいだろうか。

尾津は灰皿を引き寄せ、短くなったセブンスターの火を揉《も》み消した。

そのすぐ後、香梨奈が手洗いから現われた。縞柄のブラウスの胸元は大きくはだけ、下は黒いレースのパンティーしか穿《は》いていない。髪はぼさぼさだ。

「どうしたんだ⁉」

尾津は驚いて、スツールから立ち上がった。

「ひどい奴ね」

「え？　それ、おれのことか⁉」

「そうよ。酔ったわたしを介抱する振りをして、力ずくでレイプしたりして」

「おい、何を言ってるんだ？　何もしてないじゃないかっ」

「とぼけるなんて卑怯《ひきよう》よ。あんたは店に入るなり、わたしを床《フロア》に組み敷いたでしょうがっ。それから、乱暴に衣服を剝《は》いで……」

「何を企《たくら》んでる？」

「もう姦《や》られちゃったんだから、取り返しがつかないわ。好きにしなさいよ」

香梨奈がパンティーを脱ぎ、通路に大の字に寝そべった。秘めやかな部分は丸見えだ。恥毛は濃い。太腿《ふともも》はむっちりとしている。

「おれを嵌《は》めようって魂胆《こんたん》か。奥に共犯者が隠れてるんだな？」

「誰もいないわ。いいから、早く突っ込みなさいよ」

「美人局《つつもたせ》に引っかかるほど初心《うぶ》じゃない」

尾津は、せせら笑った。

香梨奈が両膝を立て、黒々とした飾り毛を掻《か》き上げた。指で合わせ目を押し拡《ひろ》げ、襞《ひだ》を晒《さら》す。

「くわえてあげてもいいわ」

「ふざけるな。おれは帰る！」

尾津は香梨奈を跨《また》いで、出入口に向かおうとした。敏捷《びんしょう》に半身を起こした香梨奈が、両手で尾津の片脚を摑んだ。しがみつくような形だった。

「女を犯しておいて、謝《あやま》りもしない気？　土下座してよっ」

「いい加減にしろ。蹴《け》られたくなかったら、両手を引っ込めろ」

「あんたが詫《わ》びるまで離れないわ」

「世話を焼かせやがる」

尾津は顔をしかめ、強引に香梨奈を引き剝がした。香梨奈がバランスを崩し、フロアに転がった。

そのとき、店のドアが開いた。躍《おど》り込んできた四十年配の男には見覚えがあった。

渋谷署にいたころ、強盗未遂容疑で逮捕した男だ。間違いない。篠原雄大《ゆうだい》という名で、ちょうど四十歳だった。やはり、罠《わな》に嵌《は》められたようだ。

「兄さん、救《たす》けて！」

香梨奈が加勢を求めた。兄妹《きょうだい》で自分を陥れる魂胆《こんたん》だったのだろう。

「おまえ、レイプされたんだな？」

「そう。わたしが酔って路上で寝込んでたら、店まで送ってくれたんだけど……」

「おまえを犯したのは、現職の刑事だよ」

「嘘でしょ？」

「本当さ。いまは本庁にいるが、三年数ヵ月前におれを逮捕《パク》った尾津航平って野郎だ」

「兄さん、強姦野郎を懲《こ》らしめて」

香梨奈が床からパンティーを抓《つま》み上げ、ふたたびトイレの中に入った。

「いつ仮出所したんだ？」

尾津は篠原に訊《き》いた。

「府中《ふちゅう》刑務所を出たのは七ヵ月前だよ。二年ちょっとでシャバに出られたのは儲《もう》けもんだったが、もう服役はこりごりだ」

「身から出た錆《さび》さ。おれを逆恨《さかうら》みするのは筋違いだな」

「おれは資産家の邸《やしき》に押し入ったけど、強盗《タタキ》は未遂に終わったんだ。金品は何も奪ってねえ」

「そうだったな」

「おれは組から脱けて、塗装工として真面目に働いてたんだぜ。けど、給料は安かった。たまには贅沢《ぜいたく》もしたかったんで、少し銭が欲しかっただけだ」

「で、犯行《ヤマ》を踏んだわけだな」

「そうだよ。てめえに検挙《アゲ》られたんで、刑務所《ムショ》にぶち込まれた。仮出所して職を探しはじめたんだが、前科《マエ》持ちのおれを雇ってくれる会社はなかった」

「生活ができなくなったんで、兄妹で客を強姦魔に仕立てて強請《ゆす》ってるわけか」

「妹は、てめえに姦られたとはっきり言ってた。香梨奈が警察《サツ》に駆け込めば、てめえは間違いなく懲戒免職だ」

「おれが無実だってことは、DNA鑑定ですぐに立証される。おまえの妹の体に、こっちの唾液も精液も付着してないんだ」

「強姦未遂ってことにすりゃ、地検送りになるだろうよ」

「甘いな。警察は、ぼんくら集団じゃない。被害届を出しても、おれは痛くも痒《かゆ》くもないぜ」

「立件されなくても、てめえのイメージはダウンするだろうがよ。てめえのせいで、おれは喰うにも困るようになっちまったんだ。香梨奈を姦ったことは内緒にしといてやるから、示談金として二百万出せや」

篠原が肩をそびやかし、威《おど》しをかけてきた。

「銭が欲しいんなら、額《ひたい》に汗して働くんだな」

「足を洗ったからって、なめんじゃねえぞ」

「ノーリンコ59でも懐《ふところ》に呑《の》んでるのか？　それとも、刃物《ヤッパ》を隠し持ってるのかい？　暴れたきゃ、暴れろよ」

「二百が無理だったら、百万でもいいよ」

「おれは、おまえの妹におかしなことはしてない。詫び料を払わなきゃならない理由なんてないだろうが！」

「なんなら、八十万に負けといてやらあ」

「恐喝未遂容疑で手錠《ワッパ》打ってほしいのかっ」

「金を出す気がねえって言うなら、本当に妹とてめえの古巣に行くぞ。それでもいいのかよ！」

「好きにしろ」

尾津は言い返した。

篠原が気色《けしき》ばみ、右のロングフックを放った。空気が揺れ、縺《もつ》れ合う。尾津は左腕でパンチを払い、篠原の肝臓《レバー》に拳《こぶし》を叩き込んだ。

篠原が喉《のど》の奥で呻《うめ》き、前屈みになった。

すかさず尾津は、アッパーカットを見舞った。篠原が顎《あご》をのけ反《ぞ》らせる。両手をV字に掲《かか》げた恰好《かっこう》で、そのまま後ろに倒れた。篠原は後頭部を床に強く打ちつけ、長く唸《うな》った。

「篠原、無駄骨を折ったな。今回は見逃してやる。雑魚《ざこ》を検挙しても、自慢にならないからな」

尾津は言い捨て、『ブルーナイト』を出た。

2

頭が重い。

二日酔いのせいだろう。尾津は、地下鉄日比谷《ひびや》線の駅から地上に出た。朝の光が目を射《い》る。もうじき午前九時だ。

前夜、尾津は『ブルーナイト』を出てから宇田川町に回った。所轄署時代に通ったバーに顔を出すと、昔の飲み友達が何人もいた。

尾津はそのうちのひとりと閉店まで飲み、さらに別の酒場で午前四時まで酌《く》み交わしたのだ。昔話に耽《ふけ》ってから、タクシーで中目黒《なかめぐろ》の自宅マンションに戻った。すぐにベッドに潜《もぐ》ったのだが、明らかに寝不足だった。瞼《まぶた》が重ったるい。

尾津はいつものように日比谷公園に沿って歩きだした。

職場のすぐ脇に、地下鉄桜田門《さくらだもん》駅がある。しかし、尾津は本庁勤務になってから日比谷線を利用していた。少し歩かなければならないが、電車を乗り換えなくても済む。

歩を進めていると、脳裏に篠原兄妹の顔が交互に浮かんだ。犯罪者の中には、捜査関係者を逆恨みする人間もいる。

そうした連中は、犯した罪を本気で悔《く》いてはいない。したがって、服役後の累犯率も高かった。篠原の恐喝未遂に目をつぶるべきではなかったか。

兄妹の身柄を渋谷署の署員に引き渡していれば、二人とも地検に送致されただろう。しかし、それで兄妹が改心するとは思えない。検挙したところで、虚《むな》しいだけだ。

警察は法の番人だが、小悪党たちを懲らしめているだけでは仕方ない。世の中には、巧《たく》みに法網《ほうもう》を潜り抜けている強《したた》かな悪人どもがいる。そうした狡猾《こうかつ》な犯罪者の摘発を優先すべきだ。

尾津はそう考えながら、足を速《はや》めた。

ほどなく警視庁本部庁舎に着いた。庁舎は十八階建てで、ペントハウスがある。ペントハウスは二層になっていて、機械室として使われていた。

地階は四階まである。地下一階には、印刷室、文書集配室、駐車場管理室、運転者控室、配車事務室、車庫などが並んでいる。地下二・三階は車庫で、四階は機械室だ。

本部庁舎では約一万人の警察官・職員が働いているが、正面玄関から登庁することは少ない。たいがい通用口を利用している。

尾津は通用口から庁舎に足を踏み入れ、エレベーターホールに急いだ。

エレベーターは十九基もある。そのうち十五基は人間専用だ。内訳は高層用六基、中層用六基、低層用三基である。残りの四基は、人荷兼用と非常用として使用されていた。二基ずつだ。

エレベーターホールには、十人近い男女がたたずんでいた。

いずれも、顔馴染みではなかった。目的の階によって、それぞれが異《こと》なる函《ケージ》を利用している。そんなことで、案外、知らない者が多い。

ささいなことで酒場で殴り合いになった男たちが、ともに本庁詰めの刑事だったという笑い話が伝えられている。不審者を尾行したら、現職刑事だったというエピソードも語り継《つ》がれていた。

尾津は低層用エレベーターに乗り込んだ。

花形の捜査一課の大部屋は六階にある。およそ四百五十人の捜査員が所属しているが、その大半は所轄署に設置された捜査本部に出張《でば》っていることが多い。

同じフロアには、刑事部長室、刑事総務課、組織犯罪対策部などがある。組織犯罪対策部は、およそ一千人の大所帯だ。

捜査一課に属してはいるが、第二係迷宮捜査班分室は一階下の五階にあった。同じフロアには、刑事部捜査第三課、第一機動捜査隊、健康管理本部、共済診療所などがある。

分室は共済診療所の奥にあって、ほとんど目立たない。プレートすら掲《かか》げられていない。八階のプレスクラブに詰めている各社の記者たちの大半は、分室の存在さえ知らないのではないか。非公式のチームだった。

尾津は五階に上がると、分室に直行した。

ドアを開ける。三十畳ほどの広さだ。窓側に四卓のスチール・デスクが置かれ、その右側に五人掛けのソファセットが据《す》えられている。壁際には、ロッカーとキャビネットが並んでいた。

能塚室長の姿しか見当たらない。原則として午前九時までに登庁することが義務づけられていた。しかし、規則を必ず守っているのは室長だけだった。

「尾津、四分遅刻だぞ」

自席で朝刊に目を通していた能塚が言って、新聞を折り畳んだ。

「すみません！　昔の飲み友達と梯子酒《はしござけ》をしたもんですから……」

「とか言ってるが、また行きずりの女とワンナイトラブを娯《たの》しんだんじゃないのか？　最近は、尻軽女《しりがるおんな》が多くなったみたいだからな」

「能塚さん、尻軽女なんてもう死語でしょ？」

「なら、ヤリマン女と言い直すか」

「おっ、若者言葉も知ってるんですね。驚きました」

「おれは化石じゃないぞ。テレビも観《み》てるし、時には週刊誌も読んでる。それより、どうなんだ？　バーでナンパした女をホテルに連れ込んだんじゃないのか？」

「昨夜《ゆうべ》は女っ気なしでしたよ」

尾津は微苦笑して、ソファに腰かけた。

「四十近いんだから、再婚したほうがいいと思うがな。その気は、もうないのか？」

「別れた妻に不倫されたんで、女性不信感が消えてないんですよ」

「そうか。しかし、女好きは変わらないわけだ？」

「ええ、まあ」

「男なら、いろんな花を手折《たお》りたくなる気持ちはわかる。しかし、ずっと三十代でいられるわけじゃないんだ。そのうち年貢《ねんぐ》を納めて、また家庭を持ったほうがいいよ」

「もうしばらく自由に暮らしたいんです」

「そうか。おまえの人生だから、好きにすればいいさ。ところで、別れた奥さんはどうしてるんだ？」

「風の便りによると、不倫相手とも別れて郷里の札幌《さっぽろ》に戻ったようです。それで、健康食品メーカーで働いてるみたいですね」

「浮気の代償は大きいな。尾津を裏切らなければ、ずっと専業主婦でいられたのにさ」

「元妻は結婚生活に幻滅したんでしょうね。釣った魚に餌《えさ》をやらなくなったし、労りの言葉もかけなくなってました。それほど仕事にのめり込んでたわけじゃないが、結婚後もずっと夜遊びはしてた。弾みで浮気もしてたから、元妻は淋《さび》しかったんでしょう」

「かもしれんな」

「不倫相手がいることを知ったときは頭に血が上っちゃいましたが、おれが悪かったんだと思います。しかし、そんなことをするような女だとは思ってなかったんで……」

「ショックだったろうな」

「ええ、それはね」

「悪い、悪い！　話が妙な流れになってしまったな」

　能塚が頭に手をやった。

　そのとき、白戸がのっそりと入ってきた。白いスーツ姿だ。長袖シャツは真っ黒だった。おまけに濃いサングラスを掛けている。

「おまえ、どっかの組の盃《さかずき》を貰《もら》ったようだな。ヤー公どもと癒着《ゆちゃく》してたんで、ついに裏社会入りする気になったか」

　能塚が茶化した。

「そんなにヤー公っぽく見える？」

「どう見ても、堅気とは思われないだろうな。もう少し地味な身なり《ナリ》をしろよ。組対《そたい》にいたときとは違うんだ。目立ったら、尾行も張り込みも捜査対象者に覚《さと》られるじゃないか」

「どうせ当分、おれたちの出番は回ってこないよ。非番の日みたいなもんだから、どんな恰好でもいいんじゃない？」

「屁理屈《へりくつ》を言いやがる。それより、妙な噂が立たないように気をつけろ。もう暴力団係《マルボウ》じゃないんだから、組関係の奴らと接触する必要はないだろうが？」

「その噂は単なるデマだよ。おれを快く思ってない筋者がさ、あちこちに嘘の話を流してるんだ」

「組関係者が関わってるクラブや風俗店に出入りしてないと誓えるのか？」

「そういう店に行くこともあるよ。だけど、ちゃんと金は払ってるって。女を提供させたこともない」

「本当に本当だな？」

「ああ」

「秘密カジノでも遊んでるそうじゃないか」

「それは情報集めが目的なんだ。ポーカーやルーレットで儲けたくて、カジノに出かけてるわけじゃない。あくまでも、裏社会の奴らから情報を入手してるんだよ」

「分室は、暴力団絡《がら》みの事件《ヤマ》の継続捜査をしてるわけじゃないぞ」

「そうなんだけどさ、いろんな情報があったほうがいいと思うんだよね」

白戸が言い訳して、尾津のかたわらに坐《すわ》った。

「おい、サングラスを外せ。おまえの目を見りゃ、嘘をついてるかどうかわかる」

「ポリグラフ並じゃないの」

「言われた通りにしろ！」

能塚が声を張る。白戸は何か言いさしたが、黙ってサングラスを外した。

「やくざから〝お車代〟をせびったりもしてないな？」

「そこまで堕落してないよ」

「いま、白戸はかすかに狼狽《ろうばい》した。ほんの一瞬だったが、目が確かに泳いだ。図星だったんじゃないのか。え？」

「組対五課にいたころは、暴力団の大幹部たちに奢《おご》ってもらったこともあるよ。けど、分室のメンバーになってからは連中に甘えたことはないって」

「本当だな？」

「ああ」

「金を無心したこともないんだな？」

「室長は、おれよりもデマや中傷を信じてるようだね。上司に信用されてないんじゃ、やりにくいな」

「白戸を信じたいが、おまえは派手に夜遊びをしてるようだからな。よく金があるね」

「以前にも言ったけどさ、クラブで安く飲めるのはオーナーの組関係者の弱みをおれが知ってるからだよ。でも、只酒《ただざけ》を喰《くら》ってるわけじゃない。モラルはともかく、法的には何も問題はないでしょ？」

「ま、そうだがな」

「組関係の秘密カジノの責任者はルーレット台に細工して、いかさま《サマ》をやってることをおれが知ってるんで……」

「勝たせてくれてるんだな？」

「そういうことだよ。そんなことで少し儲けさせてもらってるんで、クラブホステスに小遣いをやって……」

「お持ち帰りしてるわけか。やくざに捜査情報を流して謝礼を貰ってるんだったら、大問題だぞ。早晩《そうばん》、警務部人事一課監察室がおまえを懲戒免職に追い込むだろう」

「おれは捜査情報なんて売ってないって。室長、信じてよ」

白戸が能塚を直視する。

「おれを正視できるんだから、疚《やま》しさはないんだろう」

「やっと信じてもらえたか」

「昔から警察は、闇社会の顔役たちとは持ちつ持たれつの関係だった。いいことじゃないが、組関係者から酒や女を提供されるのは許容範囲だろう。しかしな、裏社会の連中とずぶずぶになって捜査情報まで金に換えたら、刑事失格だぞ」

「おれも、そう思うね」

「闇社会から現金は貰ってないと白戸が言い切るなら、この話は終わりにしよう。小便してくる」

能塚室長が自席から離れ、刑事部屋から出ていった。

白戸が長く息を吐き、手の甲で額を拭《ぬぐ》った。安堵《あんど》した表情だった。

「冷や汗もんだったな」

尾津はにやついた。

「え?」

「おれはモラリストじゃない。個人的には、白戸が裏社会の連中の弱みを握って遊興費を出させてもいいと思ってるよ。毟《むし》れるだけ毟ってやればいいさ。ただし、刑事《デカ》魂は棄《す》てちゃまずいぞ。どうせなら、白戸、バレないようにうまくやれ」

「尾津さん……」

「提供される酒や女をいただいちまってもいいさ。ただ、ポケットに札束を突っ込まれたときは突き返してやれ。まとまった銭を喜んで受け取ったら、その時点でアウトだな」

「わかったよ。十万程度の〝お車代〟なら、受け取ってもかまわないでしょ?」

「おまえって奴は! 呆れて二の句がつげない」

「それも、まずいか。なら、違法カジノでもっと勝たせてもらわなくちゃ」

白戸が平然と言った。悪びれた様子は、みじんもうかがえない。

「おまえが組員たちと黒い関係にあることをとやかく言っても無駄だろう。しかし、東京の盛り場は防犯カメラだらけなんだ。危《ヤバ》い場面を録画されたら、もはや言い訳は通用しなくなるぞ」

「そうだね」

「おまえは悪徳警官だが、おれの相棒なんだ。白戸がチームからいなくなったら、寂《さみ》しくなるだろう」

「泣かせる台詞《せりふ》だな。尾津さんは正義感が強いくせに、アナーキーだね。清濁併《あわ》せ呑《の》める刑事《デカ》はカッコいいよ」

「ヨイショなんかする必要ないから、監察室の奴らに目をつけられないようにしろ」

尾津は白戸の分厚い肩を軽く叩いて、勢いよくソファから立ち上がった。自分の席につく。

それから間もなく、勝又主任が登庁した。例によって、背広姿で黒いリュックサックを背負っている。中身は〝ももいろクローバーZ〟のCDや関連グッズだろう。

勝又はアイドルユニットのCDが発売されると、きまって何百枚か購入する。そして、CDを不特定多数の人たちに無償で配っている。いまや〝ももいろクローバーZ〟はスター街道を突っ走っているが、さらにファンを増やしたいのだろう。

「室長は？」

勝又が尾津に声をかけてきた。

「少し前にトイレに行きました。じきに戻ってくると思います」

「そう。ぼくの登庁が一番遅かったのか。きのうの晩はサポーターたちの集まりがあってさ、分裂を避けるための知恵を出し合ったんだよ」

「分裂騒ぎが持ち上がったのは、なぜなんです？」

「大部分のサポーターは〝ももいろクローバーZ〟の五人を均等にバックアップしたいと思ってるんだけど、一部の連中が特定のメンバーだけを熱く応援するようになったんだ。そうした連中は、自分たちで新たに考えた応援ダンスをやるようになったんだよ」

「振り付けが違ってたら、ステージの五人も困惑するんじゃないんですか？」

「そうなんだよ。だから、ぼくらは分裂はすべきじゃないと思ってるんだ。でもさ、反旗を翻《ひるがえ》した男は我《が》が強くて、百数十人の仲間と袂《たもと》を別《わか》ちたがってるんだよ」

「サポーターは一丸となって応援すべきでしょうね」

「そうすべきだと思うよ。だけどさ、分派を率《ひき》いる気でいる予備校講師は自己主張しつづけて、ぼくらと折り合うつもりはないようなんだ」

「困りましたね」

「その連中は、ぼくらの悪口をネットにアップしてるんだ。それだけじゃなく、五人のメンバーのひとりの私生活が乱れてるなんて中傷も流しはじめてるんだよ」

「そこまでこじれてるんだったら、多分、分裂はもう避けられないだろうね」

白戸が話に割り込み、ソファから腰を浮かせた。

「きみは簡単に言うけど、四、五カ月前までサポーターの心は一つになってたんだよ。じっくり話し合えば、まだ修復できると思ってるんだ」

「それは無理だって」

「そうだろうか」

「勝又さん、なんか活《い》き活きとしてるな。分裂問題で頭を痛めてるんだろうけど、なんか張り切ってる感じだ」

「白戸君にも話したことがあると思うんだが、ぼくは大学のころに国家公務員試験のI種合格を目標に猛勉強に明け暮れてたんだ。青春の輝かしい生活とは無縁で、辛く苦しい日々を過ごしてたんだよ」

「そういう話だったよね。〝ももいろクローバーZ〟と一緒に、いま主任は青春を謳歌してるんでしょ？」

「そうなんだ。毎日が楽しいよ。経済的な余裕があったら、依願退職してファンクラブの事務局長を引き受けてもいいと思ってる」

「すごい入れ揚げ方だな」

「貯《たくわ》えがたいしてあるわけじゃないんで、現実にはできない話だけどさ。でも、〝ももいろクローバーZ〟の存在はそれほど大きいんだ」

「いっそアイドルユニットのマネージャーになったら？　所属事務所に熱心に売り込めば、雇ってもらえるんじゃねえかな」

「マネージャーになったら、アイドルたち五人の厭《いや》な面も見てしまうかもしれないだろ？」

「だろうね。生身の人間だから、みんな」

「ぼく、夢を壊されたくないんだ。健気《けなげ》でキュートな五人は、ステージに立ったときと常に同じでいてほしいと願ってるんで……」

「勝又さんは、まるで十代の坊《チューボー》やだな。いまどき中学生だって、そこまで純情じゃないよね」

「そうかもしれないな。ぼくにとって、〝ももいろクローバーZ〟の五人はまさに天使なんだよ」

勝又が大声で言った。その直後、能塚が分室のドアを開けた。

「登庁が遅い！　勝又、いつまで〝みずいろクローバーZ〟に夢中になってるんだ。四十男がアイドルユニットにのめり込むなんて、異常なんだよ」

「みずいろではなくて、〝ももいろクローバーZ〟です。何度も訂正したはずですっ」

「色なんかどっちでもいいじゃないか」

「いや、よくはありません。ユニット名を間違えるのは、五人に失礼ですよ。ぼくらサポーターも不愉快になります」

「勝又、おまえは自分の年齢《とし》を忘れたのかっ。今年で、四十三になるんだ。おっさんなんだぞ、おまえも。童顔だからって、いつまでも若いつもりでいるな。精神年齢が稚《おさな》すぎる」

「情熱があるうちは、いくつになっても青春時代ですよ。上司だからって、ぼくの生き方や価値観を否定しないでくださいっ」

勝又が喚《わめ》き、自分のロッカーに足を向けた。

室長が勝又の後ろ姿に視線を当てながら、何度も太い首を左右に振った。尾津は笑いを嚙《か》み殺し、上着のポケットから煙草と使い捨てライターを摑み出した。

「本家からの指令がないからって、だらけるなよ」

能塚が部下たちに言って、自席に向かった。

尾津はセブンスターに火を点けた。

字がぼやけてきた。

3

尾津は、自分の机に向かって犯罪心理学の専門書を読んでいた。一階の大食堂で昼食を摂《と》ったせいか、少し前から睡魔に襲われはじめていた。午後一時過ぎだった。

尾津は、読みかけの本から目を離した。

正面の机に坐った白戸は、カバーの掛かった官能小説を貪《むさぼ》るように読んでいた。女流作家の作品だった。白戸の横にいる勝又は過去の事件簿に目を通す振りをしながら、アイドルユニットの動画を再生しつづけている。

室長の能塚は頬杖《ほおづえ》をつきながら、居眠りをしていた。寝息は規則正しかった。

チームは、もう半月も開店休業の状態だった。遊んでいて俸給を貰えるのはありがたいことだが、尾津はいささか暇を持て余していた。

突然、室長席の警察電話が鳴った。

能塚が背筋を伸ばし、内線電話を受ける。発信者は二係の大久保《おおくぼ》係長のようだ。通話は、五、六分で終わった。

「みんな、出番だぞ。本家の大久保ちゃんがこれから分室に来る」

　室長が受話器をフックに掛け、部下たちに告げた。第二係の大久保豊《ゆたか》係長は能塚よりも十歳若い。どちらも警部だ。そんなことで、能塚は本家筋の係長を大久保ちゃんと呼んでいた。役職のランクは係長のほうが高い。

「室長、再捜査の指令ですね？」

　尾津は確かめた。

「そうだ。三年四カ月前に赤坂《あかさか》署管内で美人検事が刺殺されたんだが、憶《おぼ》えてるか？」

「はっきりと憶えてますよ。被害者は東京地検特捜部の特殊・直告班の検事だったんでしょ？」

「そう。尾津も知ってるだろうが、特殊・直告班検事は公官庁、民間会社、市民などから寄せられた告訴・告発事件の捜査に携《たずさ》わってる。花形の経済班や財政班のようにマスコミに取り上げられることは少ないが、エリート検事集団だよ」

「ええ、そうですね。被害者は久住詩織《くすみしおり》という名で、享年《きようねん》二十八だったと記憶してますが……」

「その通りだよ」

「美人検事は平成二十三年二月七日の夜、彼氏と赤坂七丁目の路上で通り魔殺人に遭ってしまったんだ。首と胸部を両刃のダガーナイフで突き刺され、ほぼ即死だった」

「連れの恋人も、犯人に傷つけられたんでしたよね？」

「そうなんだよ。彼氏の駒崎諒一《こまざきりよういち》も左腕と脇腹を切られて、全治三週間の怪我を負ったんだ。事件当時、駒崎は大手ゼネコンの社員だった。その後、退職して、現在は静岡県内にある実家の寺の副住職を務めてる。実父の住職は末期癌《がん》で、余命いくばくもないそうだ」

「加害者は犯行後に逃亡したんじゃなかったかな」

「そう。犯人の長谷川宏司《はせがわこうじ》は裏高尾《うらたかお》に逃げたんだが、崖から落ちて脳挫傷《のうざしよう》を負い、いまも意識が戻ってないんだ。逃亡の恐れがないということで、いまは民間の医療施設に入院してるらしい」

「そうですか」

「みんな、ソファセットに移ろう」

能塚が促《うなが》した。尾津たち三人は長椅子に腰かけた。室長は、尾津と向かい合う位置に坐った。

待つほどもなく、大久保係長がやってきた。ほっそりとした体型で、東南アジア人のように肌が浅黒い。鷲《わし》を想《おも》わせるような面相だが、性格は穏《おだ》やかだ。

大久保は、四冊の黒いファイルを抱えている。捜査資料だろう。

「また分室のメンバーに再捜査をお願いしますね」

大久保はファイルをコーヒーテーブルの上に置くと、能塚室長と並んだ。

「赤坂署に置かれた捜査本部《チョウバ》は通り魔殺人を装った計画的な刺殺事件と読んで、実行犯の長谷川を雇った首謀者捜しをやったんだったよな？」

「ええ、そうなんですよ。久住検事は告訴・告発事件で内偵していた企業か個人が長谷川を雇った疑いがあると考えて、黒幕の洗い出しをしてたんです」

「しかし、首謀者は割り出せなかったわけだね？」

「そうです。二年で捜査本部は解散することになって、第二係《ちち》が継続捜査を引き継いだんですよ。一年四ヵ月が経《た》っても、長谷川の背後にいると思われる主犯の顔が透けてこないんです。専従班を縮小せざるを得ない事情ができたもんですから、また分室のバックアップをお願いすることになった次第です」

「わかった」

「こんなにてこずるんでしたら、もっと早く能塚さんのお力を借りるべきでした。専従班はベテラン揃《ぞろ》いなんですが、フットワークが……」

「大久保ちゃんの直属の部下も一所懸命に捜査に勤《いそ》しんだと思うよ。別に分室のメンバーが優秀だってことじゃないさ。おれを含めて問題児ばかりだからね」

「いや、分室のみんなは敏腕ですよ」

「そんなふうに煽《おだ》てられると、何がなんでも事件の首謀者を分室《うち》で検挙しないとな」

「期待してます」

「大久保ちゃん、殺害された久住詩織は告訴・告発を受けて、どんな連中を内偵してたんだい？」

能塚が問いかけた。

「被害者は、何年も食材の偽装をしてた有名ホテルチェーン、反原発派文化人を脅迫してた右翼団体、それから査察詐欺を重ねてた東京国税局の査察官を内偵中でした」

「そうした中に疑わしい人物は？」

「それぞれ怪しい点があったんですが、実行犯の長谷川との接点がなかったんですよ」

「そうなのか」

会話が中断した。尾津は目顔《めがお》で室長に許可を求めてから、大久保係長に話しかけた。

「美人検事は私生活で誰かの恨みを買ったとは考えられないんですか？」

「久住詩織はエリート検事だったわけだが、決して偉ぶったりしない好人物だったんだ。周囲の誰からも好《す》かれてたし、恋人の駒崎諒一との仲も悪くなかったんだよ」

「二人は将来、結婚することになってたんですか？」

「婚約はしてなかったそうだ。しかし、いわゆる痴情《ちじょう》の縺《もつ》れは考えられないよ。被害者の血縁者や友人の証言によると、彼氏とは仲睦《なかむつ》まじかったという話だからね」

「そうですか。職場で同僚検事に妬《ねた》まれてたなんてことは？」

「職場でトラブルを起こしたこともないし、先輩や同輩にやっかまれたりもしてなかったんだよ」

「となると、内偵対象者たちが気になるな」

白戸が話に加わった。すると、大久保係長が複雑そうな顔を見せた。

「捜査本部や第二係《うち》の専従班の調べに何か手落ちがあったんではないかと白戸君は……」

「もしかしたら、捜査が甘かったんじゃないの？」

「はっきり言うね」

「本家の専従班が無能だってことじゃないんだ。人間のやることは完璧じゃないから、判断ミスをしたり、思い込んじゃうこともあるでしょ？」

「白戸君の言った通りだと思います、ぼくも」

勝又主任が大久保に顔を向けた。

「確かに二人の言う通りだな。これまでの捜査に何か手落ちがあったのかもしれない。だから、実行犯の長谷川を動かした首謀者を三年以上も割り出せなかったんだろう」

「ぼくの記憶によると、事件当時、長谷川は二十九歳でフリーターだったんですよね？」

「そうなんだ。長谷川は人材派遣会社に登録してたんだが、紹介される仕事はどこも長続きしなくて、コンビニの店員やピザの配達を断続的にやってたんだよ。人づき合いが苦手で、バイト先の仲間たちに疎《うと》まれがちだったんだ」

「孤独感を抱えて、暗い日々を送ってたんでしょうね。経済的にも豊かじゃなかったんで、一面識もない美人検事の殺害を引き受けたんだろうな。行きずり殺人を装えと雇い主に指示されてね」

「勝又君の読み筋は間違ってないと思うよ」

「大久保係長、長谷川は被害者の連れの駒崎諒一にも刃物を向けて、全治三週間の怪我を負わせたんですよね？」

「そう。先に刺されたのは久住詩織だったんだが、連れの駒崎は長谷川に組みつこうとしたんだ。しかし、先に腕と脇腹を切りつけられてしまった。怯《ひる》んだ隙に、長谷川は現場から逃げたんだよ」

「そうですか」

「現在、三十四の駒崎は血みどろの詩織を抱き上げ、野次馬に涙声で早く救急車を呼んでくれと訴えつづけてたらしい。駒崎は恋人を守り切れなかったことで自分を責め、二カ月後に睡眠薬を大量に服《の》んで自殺を図ったんだ。幸い未遂に終わったんだが、被害者を救えなかったことで苦しみつづけてたにちがいない」

「そうなんでしょうね」

「駒崎は大手ゼネコンの『フジヤマ建工《けんこう》』の優秀な社員だったが、依願退職して沼津市《ぬまづ》にある実家に戻ったんだ」

「大久保係長、駒崎は長男なんですか？」

尾津は、勝又よりも先に口を開いた。

「駒崎は独りっ子なんだよ。いずれ寺を継ぐことになってたようなんだが、恋人が死んでしまったんで、実家に戻ったんだ」

「僧侶の資格はすでに得てたんですかね？」

「そうなんだよ。それで、父親の下で副住職を務めるようになったわけさ。住職は十一カ月前に肝臓癌で入院して闘病中なんだが、もはや手遅れで緩和《かんわ》ケアを受けてるという話だよ」

「そうですか」

「駒崎の実家の住所なんかは捜査資料に記載されてる。まず捜査資料に目を通してくれないか」

大久保が言って、四冊のファイルを配った。

尾津はファイルを受け取ると、最初に挟み込まれていた鑑識写真の束《たば》を手に取った。写真の大半は遺体写真だった。

被害者の整った顔は無傷だが、首と胸部は血みどろだ。衣服も鮮血に染まっている。

全治三週間の怪我を負わされた駒崎の写真もあった。駒崎はハンサムで、背も高い。左腕と脇腹に切り傷があったが、さほど深くなかった。

犯人の長谷川は、抵抗する駒崎に怯んでしまったようだ。それで、致命傷を与えられなかったのではないか。それとも、標的以外の者を殺すことにためらいがあったのだろうか。

尾津は鑑識写真の束を卓上に置くと、事件調書を読みはじめた。

事件が発生したのは、平成二十三年二月七日の午後九時四十三分過ぎだった。被害者は交際中の駒崎と連れだって歩いているとき、前方から来た長谷川に擦《す》れ違いざまにダガーナイフで先に頸部《けいぶ》を刺され、次いで心臓部を貫《つらぬ》かれた。その瞬間を連れの駒崎は見ているが、通行人は誰も目撃していない。

駒崎は犯人の長谷川を取り押さえようとして、左腕と脇腹に傷を負わされた。そのときの目撃者は四人いる。駒崎が事情聴取の際《さい》に語ったことは事実だった。

長谷川は血糊でぬめった凶器を握ったまま、事件現場から走り去った。その後の足取りは不明だが、同日の午前零時数分前に裏高尾の崖から転げ落ちたことは所轄の八王子《はちおうじ》署の調べで判明した。

久住詩織の遺体はいったん赤坂署に安置され、翌日の午前中に東大の法医学教室で司法解剖された。死因は失血性のショック死だった。死亡推定時刻は二月七日の午後九時四十三分から五十五分の間とされた。

本庁機動捜査隊初動班と赤坂署刑事課の調べで、事件当日、被害者が帰宅途中であることが明らかになった。美人検事の自宅マンションは犯行現場から数百メートルしか離れていなかった。

初動捜査で加害者が長谷川であることはわかったが、被害者とは一面識もないことから警察は主犯捜しを開始した。赤坂署に捜査本部が設けられ、本庁捜査一課強行犯殺人捜査係の刑事が延べ百七十数人送り込まれた。

被害者とペアを組んでいた検察事務官の多田忠彦《ただただひこ》の証言から、捜査当局は被害者が内偵中だった捜査対象者を重点的に調べた。

有名ホテルチェーン運営会社『東和《とうわ》観光』傘下の十七のホテルが八年にわたって食材偽

装をしていた。その事実を告発したのは、元ホテル従業員だった。

十七のホテルは組織ぐるみで、食材と産地の偽装をしていた。牛の成形肉《せいけいにく》をステーキと表示して、ホテルのグリルで客に提供していた。同じようにブラックタイガーを車海老《えび》と称し、バナメイエビを芝海老と偽っていた。ロコ貝を鮑《あわび》、深海魚ランプフィッシュの卵の塩漬けをキャビアと騙《だま》していた。人工フカヒレを天然ものと偽装表示した時期も長い。悪質である。弁解の余地はない。

産地の偽装も平然と行われていた。オーストラリア産の安い牛肉を国産和牛ステーキ、中国産の栗をフランスからの輸入物と偽っていた。

ただのスパークリングワインを高級シャンパンとして提供し、植物油を使ったホイップクリームを生クリームと称していた。ホテル自家製と称していたパンは、なんと市販品だった。フレッシュジュースの正体は、パック入りの果汁にすぎなかった。

超一流のホテルが詐欺《さぎ》行為で、あくどく儲けていたわけだ。まともな人間なら、後ろめたさに耐えられなくなるだろう。内部告発する者が出てきても当然だ。むしろ、告発が遅すぎたのではないだろうか。

ホテル従業員たちは失職することを恐れ、会社ぐるみの不正に目をつぶってきたのだろう。誰も生活の糧《かて》は必要だ。しかし、そこまで飼い殺しにされてもいいものか。人間として、恥ずかしいとは思わなかったのだろうか。

電力会社と繋《つな》がりのある右翼団体『愛国青雲会《あいこくせいうんかい》』の羽柴実《はしばみのる》会長、六十歳は会員たちに反原発派文化人たちを脅迫させて言論活動の妨害をしていた。

そのことを東京地検特捜部特殊・直告班にリークした人物を、捜査本部はついに特定できなかった。しかし、久住詩織が羽柴の身辺を探っていたことは確認している。

美人検事は東京国税局の生稲浩樹《いくいねひろき》査察官が偽の査察情報を大口脱税者に流し、数百万円単位の〝情報料〟を詐取していたという匿名告発を受理した。その被害額は一億数千万円にのぼる。

四十六歳だった生稲は美人検事にマークされていることに気づくと、慌てて依願退職した。半年ほど無職だったが、いまは経営コンサルタントと称して脱税指南をしているようだ。

捜査本部と第二係の継続捜査班は、久住詩織が内偵中だった対象者を徹底的にマークした。しかし、殺人事件の実行犯の長谷川と直《じか》に結びついている者はいなかった。

「これまでの関係調書の写しにざっと目を通したが、長谷川の雇い主は『東和観光』の関係者、右翼団体のボス、元査察官の中の誰かだと思うよ」

能塚が、かたわらの大久保に言った。

「捜査本部も第二係《うち》もそう睨んだんですが、それぞれ長谷川とはダイレクトの接点はありませんでした」

「美人検事の内偵対象者たちの交友関係をとことん調べた？　ひょっとしたら、その中のひとりが長谷川と結びついてるのかもしれないぞ」

「われわれもそう思ったんで、よく調べてみました。ですけど、殺しの依頼人と長谷川を繋ぐようなパイプ役の人物はひとりもいなかったんですよ」

「そうなのか。おれの勘だと、『愛国青雲会』を率《ひき》いてる羽柴会長が臭いね。電力会社に金を貰って反原発派の文化人たちの言論を封じ込めたんなら、ちゃんとした国粋主義者ではないよ。おそらく、単なる利権右翼なんだろう。公安三課のデータでは、どうなんだい？」

「『愛国青雲会』は右寄りの政治結社と見られてるようです。しかし、能塚さんが言ったように、羽柴はただの利権右翼なのかもしれません。会長は四十代後半まで総会屋だったんですよ」

「商法が厳しくなったんで政治結社を隠れ蓑《みの》にして、荒稼ぎする気になったんだろうな。右翼の看板を掲げておけば、おっかながる企業は多いからさ。進歩的な学者やジャーナリストも、たいていビビるだろう。そもそもインテリ連中は暴力や荒っぽいことは苦手だからな。政府の方針にノーと声高《こわだか》に叫んでても、無鉄砲な奴らに凄まれたら、おとなしくなっちゃう」

「そうでしょうね」

「短刀《ドス》や拳銃をちらつかされたら、リベラル派の文化人はたちまち震え上がるだろう。羽柴は反原発派文化人の言論活動を抑《おさ》え込んだら、電力会社から関連工事の労働者集めを請け負わせてもらえることになってたんだろう。その種の人材派遣はでっかくピンハネできるからな」

「捜査本部と第二係《うち》は、『東和観光』関係者、羽柴実、生稲浩樹は長谷川の依頼人《クライアント》ではないと読んだんですが、何か見落としがあったのかもしれません」

「そういうことはなかったと思いたいが、羽柴がなんとなく怪しいね」

「それでしたら、分室で被害者が内偵してた対象者をすべて洗い直してもらえますか」

「そうしてみるよ」

「よろしくお願いします」

大久保は能塚に言って、ソファから立ち上がった。尾津たち三人に頭を下げ、分室から出ていった。

「今回は白戸君と組んでもいいでしょ？」

勝又が室長に打診した。

「そいつは駄目だ。おれが監視してないと、おまえは〝みずいいいろクローバーZ〟のライブ会場に行きそうだからな。聞き込みを白戸ひとりに任せてさ」

「みずいいいろではありません。ももいいろですっ。ぼく、職務はちゃんと果たしますよ。今回から、白戸君と尾津君と交互に組ませてほしいんです。室長とペアを組むと、気の休まるときがないんですよ。ストレスで胃が痛くなっちゃうし、下痢しそうになるんです」

「まだ当分、おまえから目を離せないな」

「そ、そんな」

「四十男が泣きべそをかいたって、なんの効果もないぜ。嘘泣きするだけ損ってもんだ。おまえとおれは『東和観光』の本社に行く。その後は、元東京国税局査察官の生稲の事情聴取だ」

「………」

「勝又、返事ぐらいしろ！」

「わかりましたよ」

「尾津と白戸はまず検察事務官の多田に会って、『愛国青雲会』の羽柴会長に探《さぐ》りを入れてみてくれないか」

「了解です」

尾津は白戸に合図して、ファイルを抱えた。

4

遊歩道の土鳩《どばと》が一斉に飛び立った。

羽音が重なった。北の丸公園だ。

尾津は、急に足を踏み鳴らした検察事務官に驚いた。千代田区九段南一丁目にある東京地検特捜部を訪れ、九段合同庁舎の近くの北の丸公園で多田忠彦から聞き込みをさせてもらうことになったのだ。

最高検察庁や東京高等検察庁などは、霞が関一丁目にある。

「すみません、驚かせてしまいましたね。わたし、土鳩が嫌いなんですよ。昼休みにベンチで日向《ひなた》ぼっこしてて、数え切れないほど頭や肩に糞《ふん》を落とされてるんです。一度もポップコーンをあげたことないんで、わたしは土鳩に嫌われてるんでしょう」

「そんなことはないと思いますよ」

「そうですかね。坐りましょうか」

多田がベンチに腰かけた。尾津たちコンビは、多田の左右に坐った。

「二人の刑事さんに挟まれると、なんだか被疑者になったみたいだな」

「相棒をわたしの横に腰かけさせましょうか？」

「冗談ですよ。このままで結構です。久住検事が自宅マンション近くで刺殺されて、もう三年四ヵ月も経つんですね。加害者の長谷川宏司の意識が戻れば、事件の真相がわかるんですが……」

「捜査本部は、被害者が内偵中だった対象者《マルタイ》の誰かが長谷川を使って衝動殺人を演じさせたと推測したんですが、実行犯と接点のある人物はいなかったんですよ」

「そうなんですってね。わたし個人も内偵対象者の誰かがネットの裏サイトか何かで実行犯を見つけたんではないかと思ってたんですよ」

「これまでの捜査では、長谷川が裏サイトにアクセスしてたという事実は確認できてないんです」

「それなら、わたしの推測は正しくないんでしょう」

多田がいったん言葉を切って、早口で言い継いだ。

「久住検事は周りの人間に好かれてましたから、捜査対象者以外に逆恨みされることはないと思うんですよ。長年にわたって十七のホテルに食材や産地の偽装をさせてた『東和観光』はそのことを暴《あば》かれたら、たちまち客の信用を失いますよね？」

「当然でしょう。下手したら、傘下の幾つかのホテルを畳まなければいけなくなるんじゃないかな」

「ええ、そうなりかねませんよね。わたしは検事の指示でホテルに食材を納めてる業者に当たって、偽装に関する複数の証言を得てたんですよ」

「ホテル運営会社は、東京地検特捜部の特殊・直告班が動いてることを察知してたんだろうか」

「と思いますよ。大口納入業者たちには、食材の偽装はなかったと口裏を合わせてほしいと頼み込んでたようですから」

「捜査資料にも、食材や産地偽装の確証は得られなかったと……」

「『東和観光』は納入業者に口裏を合わせてくれなかったら、ただちに取引を停止すると威《おど》しをかけたんではありませんか。取引を打ち切られたら、それこそ死活問題です」

「納入業者は逆らえなかったんでしょう」

「『東和観光』は何らかの方法で、実行犯の長谷川宏司を見つけたのかもしれません」

「多田さん、『愛国青雲会』の羽柴実会長は怪しくないっすか？」

　白戸が口を挟んだ。

「疑わしい点はあるね。羽柴は右翼団体の会長ということになってるけど、ほとんど政治活動はしてないんだ。街宣車は二台所有してるけど、もっぱら関東《かんとう》電力の原発関連作業員集めをしてきたんだ。そして、六、七年前から風力や太陽光による発電にシフトすべきだとアピールしてる反原発派の大学教授、作家、音楽家、ジャーナリストの私的な弱みをちらつかせて、言論活動を封じ込んでる。もちろん、そうさせてるのは関東電力だよ」

「そうでしょうね」

「東日本大震災があってからは、反原発運動が一気に盛んになった。羽柴は手下の者たちに進歩的文化人たちの私生活を徹底的に調べさせたんだよ」

「進歩的文化人といっても、愛人を囲ってたり、息子がドラッグに溺《おぼ》れてるかもしれない。そうしたスキャンダルを脅迫のネタにしてるんだろうな」

「そうなんだよ。かつて総会屋だった羽柴は、関東電力の株主総会が滞《とどこお》りなく運ぶよう睨みを利かせてる。言論活動の妨害に関東電力が深く関与してることが露見したら……」

「関東電力が羽柴に久住検事を葬らせたとも考えられるっすよね」

「そうだな」

「多田さん、東京国税局の査察官をやってた生稲浩樹はどうなんでしょう?」

尾津は白戸を手で制し、問いかけた。

「生稲は常習の大口脱税企業や個人に査察のリストから外してやるからともっともらしい嘘をついて、あちこちから数百万円単位の謝礼をせびってたんですから、悪党は悪党ですね」

「生稲は久住検事の内偵に気づいて、依願退職したんでしょ？」

「そうなんですよ。上司たちは生稲の恐喝じみた犯罪が発覚したら、まずいことになると判断したんでしょう。生稲を慰留《いりゅう》した上役はひとりもいませんでした」

「査察にまつわる詐欺に遭った連中は、被害事実を認めなかったんでしょ？　認めたら、贈賄容疑で取り調べられることになりますから」

「そうですね。そんなことで、どの会社も個人事業主も被害は認めませんでした。生稲の友人の銀行口座に総額で一億数千万円の入金があったことは確認できたんですが、どの振込人も真っ当な商取引の代金だと主張しましたんで……」

「起訴できなかったとなると、生稲の殺人動機は弱くなるな。東京国税局も保身から、生稲を庇《かば》わざるを得ないわけですから」

「そうなんですが、生稲は経営コンサルタントと称して中小企業に脱税指南をして多額の報酬を得てます。そのことも久住検事とわたしは調べ上げてましたから、生稲もシロとは断定できません」

「そうですね。しかし、『東和観光』や『愛国青雲会』の羽柴会長より疑惑は薄い気がします」

「ええ、それはね。わたし、これから別件で東京地裁に行かなければならないんですよ」

多田が言って、左手首のピアジェの薄型腕時計を覗《のぞ》き込んだ。

新品なら、二百万円以上するのではないか。検察事務官の俸給は高いとは言えない。四十代前半の多田の年俸は一千万を超《こ》えていないはずだ。

「時間を割《さ》いていただいて、ありがとうございました。ご協力に感謝します」

尾津はベンチから先に立ち上がって、礼を述べた。多田が腰を上げ、急ぎ足で立ち去った。

「尾津さん、多田忠彦は超高級腕時計を嵌めてたね。あのピアジェ、二百四、五十万はすると思うよ」

「白戸も気づいてたか」

「多田の実家は裕福なんじゃないの？　検察事務官の稼ぎで買える時計じゃないからね」

「そうだな。羽柴の事務所兼自宅は、文京区《ぶんきょう》千石《せんごく》四丁目にあるはずだ。白戸、行ってみよう」

「了解！」

白戸が勢いよく立ち上がった。尾津たちは公園を出た。

覆面パトカーの黒いスカイラインは、田安門《たやすもん》の近くに駐めてあった。白戸が覆面パトカーに駆け寄って、先に運転席に入る。尾津は車を回り込み、助手席に乗り込んだ。

白戸が車を発進させた。最短コースを選んで、千石四丁目に向かう。

目的の事務所兼住宅を探し当てたのは、およそ二十分後だった。

三階建ての鉄筋コンクリート造りで、一階部分は『愛国青雲会』の事務所になっていた。二・三階が居住《きょじゅう》スペースになっているようだ。

白戸がスカイラインを隣家の石塀に寄せた。手早くエンジンを切る。

「正攻法じゃ、羽柴はボロを出さないだろう」

尾津は言った。

「だろうね。これまでの調べで、羽柴は関東電力の関連工事や作業に人材を派遣してることは認めたが、反原発派の進歩的文化人たちの言論活動を妨害したことはないと脅迫については否認してる。警察手帳を見せて再事情聴取させろと言っても、素直には応じないでしょ？」

「と思うよ」

「いつものように、ブラックジャーナリストか関西の極道に化けて羽柴を揺さぶってみる?」

「いや、その手は通用しないだろう。白戸、おれたちは保守系月刊誌の編集者になりすまそうや」

「尾津さんはともかく、おれは雑誌編集者には見えないでしょ?」

「ちょっと無理か」

「無理だって。それよりさ、二人ともフリーのゴシップ・ライターを装うほうがいいんじゃないかな。関東電力と『愛国青雲会』の黒い関係を揺さぶりの材料にするんじゃなくてさ、逆に進歩的文化人たちの醜聞《スキャンダル》の証拠を押さえてるって売り込むんだよ」

「おれたちも右寄りと思わせて、羽柴の警戒心を解くってわけか」

「ビンゴ! 反原発派の学者やジャーナリストの致命的な弱みを押さえてると持ちかければ、羽柴は必ず興味を示すでしょ?」

「そうだろうな」

「それでさ、おれたちが進歩的文化人を原発推進派に転向させると売り込む。そこまで芝居すりゃ、羽柴はおれたちに気を許して美人検事の事件《ヤマ》に関わってるかどうか口を滑らせるかもしれないよ」

「そんなに事が簡単に運ぶとは思えないが、ただ締め上げるよりは女検事殺しに関する情報を引き出せそうだな」

「嘘がバレたら、そのときに次の手を考えりゃいいでしょ？　その手でいこうよ」

白戸がせっかちにスカイラインから降りた。

尾津は苦く笑って、白戸に倣《なら》った。白戸が羽柴の事務所兼自宅のインターフォンを鳴らす。

ややあって、男の声で応答があった。

「どなた？」

「羽柴会長にとって、損のない話を持ってきたんだ。取り次《つ》いでもらいたいんだがな」

尾津は言った。

「おたく、何屋さん？」

「一応、ジャーナリストだよ。といっても、左寄りじゃないぜ」

「会長は散歩に出ちゃったんだ」

「散歩コースは、だいたい決まってるんだろ？」

「うん、まあね。いま、そっちに行く。ちょっと待ってて」

スピーカーが沈黙した。

数十秒後、事務室から迷彩服を着た二十三、四歳の男が姿を見せた。坊主頭で、ジャングルブーツを履《は》いている。

「連れは、その筋の人間っぽいな」

「そう見られることが多いんだが、おれと同じくジャーナリストだよ」

「ふうん。で、損のない話って？」

「羽柴会長が関東電力に頼まれて、反原発派の文化人たちをビビらせ、言論活動を封じ込めたことは知ってる」

「えっ⁉」

「警戒すんなって。おれたちは原発推進派なんだ。経済性を考えたら、原発をゼロにするなんてことはできない。無理だよ」

「会長も、そうおっしゃってる」

「だから、関東電力に協力して反原発派の文化人たちを黙らせてるわけだな」

「そのへんのことはよくわからないよ、おれはまだ下っ端だから」

「おれたちは、反原発派の奴らを黙らせる切り札を持ってる。それを羽柴会長に早く教えてやりたいんだ。散歩コースを教えてくれないか」

「この時間なら、六義園《りくぎえん》で休憩してると思うよ。いつもそうしてるからね」

相手が答えた。尾津は迷彩服の男に謝意を表し、スカイラインの中に戻った。

近くにある六義園は、江戸時代の代表的な大名庭園だ。現在は国の特別名勝に指定され、一般公開されている。白戸が車を走らせはじめた。白山《はくさん》通りを突っ切って、不忍《しのばず》通りをたどる。

ほんのひとっ走りで、六義園に着いた。コンビは入場料を払って、園内に足を踏み入れた。

羽柴の顔写真は、捜査資料に添付されていた。三白眼《さんぱくがん》の悪人顔だった。額が大きく後退している。

しだれ桜の青々とした葉を眺めながら、園の中央まで進む。大きな池が横たわり、その周辺の庭木は美しく刈り込まれていた。羽柴は、吹上浜《ふきあげはま》と呼ばれている畔《ほとり》のベンチに腰を下ろしていた。その視線は水面《みなも》に注がれている。近くに人影はない。

尾津と白戸は池を左回りに迂回《うかい》し、羽柴の坐ったベンチの両端に腰かけた。

「なんだよ！　ほかに空いてるベンチがあるじゃねえか」

「羽柴さん、おれたち二人で反原発派の進歩的文化人を転向させてやるよ。連中の致命的な弱みを押さえたんだ」

尾津は餌を撒《ま》いた。

「どこの誰なんでえ？」

「おれたちは、原発推進派のフリージャーナリストなんだ。羽柴さんが関東電力に頼まれて、反原発派の著名人たちの言論を封じ込んだことも知ってる」

「なんのことだか、話がよくわからねえな」

「おれの相棒は、怪力の持ち主なんだよ。あんたの首をへし折るなんて朝飯前だぜ」

「若造どもがなめやがって」

羽柴が立ち上がりかけた。

尾津は素早く背後に回り込み、羽柴の利き腕を捩《ねじ》上げた。羽柴が痛みを訴えながら、ベンチに尻《しり》を落とす。

「おれたちが反原発派の文化人を推進派に転向させるから、関東電力に五億の謝礼を払うよう口添えしてくれねえかな」

白戸が羽柴の顔を覗き込んだ。

「本当にそんなことができるのか？　はったりとわかったら、おまえら二人をとことん痛めつけることになるぞ」

「はったりじゃねえよ。おれたちのことを関東電力にちゃんと伝えねえと、あんたが三年前、金で雇った長谷川って野郎に東京地検特捜部の久住詩織検事を殺《や》らせたことを新聞社とテレビ局にリークするぜ」

「えっ」

「女検事は、あんたを内偵中だったはずだ。関東電力の依頼で反原発派潰しをしたことが公《おおやけ》になったら、危《ヤバ》いことになるよな。それだから、面識のない長谷川を実行犯に選んだんだろうが。え？」

「わけのわからんことを言うな！」

羽柴が喚《わめ》いた。尾津は無言で、羽柴の右腕の関節を肩から外した。

羽柴はベンチに横たわり、動物じみた唸《うな》り声をあげはじめた。しばらく放置してから、尾津はふたたび詰問した。

羽柴は反原発派の進歩的文化人の言論活動を控えさせたことは白状したが、美人検事殺しには関わっていないと言い張った。嘘ではないだろう。

尾津はそう判断し、関節を元に戻してやった。すると、白戸が羽柴を肩に担《かつ》ぎ上げた。そのまま池の中に投げ落とす。派手な水音が上がった。

「白戸、やり過ぎだよ」

「手下どもを呼べないようにしたんだ。尾津さん、羽柴はシロだね」

「そうだろうな。駒崎の実家に行って、被害者《ガイシャ》にまつわる情報を集めてみよう。あまり期待はできないが、初動捜査のときには話さなかったことがあるかもしれないからな」

尾津たちは六義園を走り出て、スカイラインに乗り込んだ。

ちょうどそのとき、能塚室長から尾津に電話がかかってきた。

「専従班の判断通り、『東和観光』の関係者はシロという心証を得たよ。そっちはどうだった?」

「『愛国青雲会』の羽柴会長はシロだと思います」

尾津は経過をかいつまんで伝えた。

「残るは、元査察官の生稲浩樹だな。これから、勝又と一緒に生稲をちょいと揺さぶってみるよ」

「そうですか。おれたち二人は沼津に向かうつもりです」

「久住詩織の彼氏から改めて事情を聴取すれば、何か新事実が出てくるかもしれない。尾津、頼んだぞ」

能塚が電話を切る。尾津は通話内容を白戸に教えた。

白戸が覆面パトカーを発進させた。東名自動車道の下《くだ》り車線に乗り入れるまで、サイレンを鳴らしつづけた。

沼津IC《インターチエンジ》まで一時間半弱しか要さなかった。駒崎の実家は、沼津市大岡《おおおか》にある。市街地から少し離れた住宅街の中に、駒崎の生家の祥雲寺《しょううんじ》があった。

本堂も庫裡《くり》も老朽化が目立つ。尾津たちは境内《けいだい》の隅に覆面パトカーを駐《と》め、庫裡の玄関に向かった。

白戸が木鐸《ぼくたく》を叩く。

少し待つと、駒崎本人が現われた。僧衣をまとっていたが、剃髪《ていはつ》にはしていなかった。

尾津は警察手帳を呈示《ていじ》し、来訪の目的を伝えた。白戸は会釈《えしやく》して、姓を名乗っただけだった。

「詩織を一日も早く成仏させてあげたいんです。全面的に協力させてもらいます。どうぞお上がりください」

駒崎が案内に立った。左手に本堂があり、右手に二十畳ほどの広い和室がある。座卓は赤漆塗《あかうるし》りだった。年代物だろう。

「母が入院先に出かけていますので、粗茶しか差し上げられませんが……」

「どうかお構いなく」

尾津は言った。

「しかし、遠方から来てくださったんです。少々、お待ちください。すぐに玉露をお淹《い》れしますので」

「本当にお気遣いなく」

「よろしいんでしょうか」

駒崎は戸惑った様子だった。尾津たちは並んで座布団に腰を落とした。駒崎が短く迷ってから、尾津と向かい合う。正坐だった。

「三年前は、とんだ災難でしたね」

尾津は口を切った。

「わたしは怪我しただけですが、詩織、いえ、久住さんは命を奪われてしまいました。まだ二十八歳だったんです。さぞ無念だったと思います。できることなら、彼女と代わってあげたかったですね」

「そういう気持ちはわかりますが、あまり思い詰めないほうがいいな」

「もっと早く加害者の動きに気がついていれば、彼女を庇《かば》うことができたと思います。そのことが悔やまれてなりません」

「駒崎さんは敢然と犯人に組みつこうとして、ダガーナイフで左腕と脇腹を切られてしまった。逃げたわけじゃないんだから、恥じることはありませんよ。もちろん、自分を責める必要もない」

「ですが……」

「それより、加害者の背後にいる人物にはまったく心当たりがないと初動の聞き込みで答えてますね？」

「はい。故人は告訴・告発事件の内偵中でしたんで、捜査対象者の中に実行犯を唆《そそのか》した主犯がいるのかもしれないと考えたんですよ。ですが、警察の方は疑わしい者はいないとおっしゃってました」

「これまでの捜査では、そういうことなんですよ。しかし、何か見落としているのかもしれない。その後、被害者が駒崎さんに洩《も》らしてたことで思い出されたことはありませんかね？」

「事件には関係ないと思ったんで、捜査関係者には言わなかったことがあります」

「えっ、そうなんですか。どんなことなのかな？」

白戸が身を乗り出した。駒崎が意を決したように一気に喋った。

「久住さんとコンビを組んでた多田検察事務官はギャンブル好きで、官費を着服してたらしいんですよ」

「本当かい？」

「久住さんが作り話で他人《ひと》を困らせる理由はありませんから、事実だと思います。彼女は、公金横領のことを直属の係長に内部告発すべきかどうか悩んでました。多田さんとは息があってたし、実務的なことをいろいろ教えてくれた恩人でもあるから、懲戒免職に追い込むような真似《まね》はできないと……」

「しかし、検事としての正義感も棄《す》てられない。それで、久住検事は判断に苦しんだんだろうな」

尾津は言った。

「多田検察事務官が第三者に久住さんを始末させたんでしょうか。いいえ、それはないでしょうね。二人はペアで仕事をしてたんです。いくらなんでも、相棒を殺させるなんて冷血すぎますんで」

「しかし、人間は保身のためなら、邪悪なことをしてしまうもんだ」

「ですが、官費を着服したことを告発されても職を失うだけです。横領した額が小さければ、書類送検で済むかもしれませんよね？」

駒崎が尾津の顔を正視した。

「そうだったとしても、もう前途は閉ざされたようなものだよね？」

「ええ、まあ」

「それだけで、多田検察事務官が何らかの方法で見つけた長谷川に久住検事を殺させたと極《き》めつけられないが、気になる新事実だね」

尾津は駒崎に言って、白戸を見やった。

白戸が無言でうなずいた。それから間もなく、尾津たちは暇《いとま》を告げた。

第二章　再捜査の行方

1

四つのマグカップが卓上に置かれた。

尾津は、インスタントコーヒーを淹《い》れた白戸を目顔で犒《ねぎら》った。巨漢刑事が隣に坐る。

分室の四人は、ソファに腰を下ろしていた。午前九時半過ぎだった。沼津に行った翌日である。

尾津は前日、能塚室長に駒崎諒一から聞いた話を報告していた。検察事務官の多田がスイス製の高級腕時計を嵌めていたことも伝えてあった。

「尾津・白戸班に先に手がかりを摑まれてしまったな。室長としては、ちょいと焦《あせ》るね」

能塚が冗談めかして言い、最初にコーヒーを啜《すす》った。きのう室長と勝又は『東和観光』

の関係者はシロだと判断し、元東京国税局査察官の生稲浩樹の事務所に回った。

しかし、あいにく生稲は福岡に出かけていた。そんなことで、元査察官にはまだ揺さぶりをかけていなかった。生稲はきょうの午後には東京に戻る予定らしい。

「生稲はシロでしょう。これまでの捜査に手落ちはないと思うな、ぼくは」

勝又が言って、かたわらの能塚の横顔をうかがった。

「と思うが、おれたちも生稲がシロだって心証を得ないとな」

「時間の無駄ではありませんか？」

「勝又、おれの指示に従いたくないのかっ。だったら、分室のメンバーから外れてもいいぞ。本家の大久保ちゃんに頼んでも、第二係の専従班には入れてもらえないだろうがな」

「室長は、ぼくが嫌いなんですね？」

「娘っ子みたいなことを言うんじゃない」

「まいったな」

「勝又、ごめん！　おまえに八つ当たりするつもりはなかったんだ。出がけに女房とくだらんことで言い争いになったもんで、少し気が立ってたんだよ」

「そうだったんですか。気にしないでください。奥さんと口喧嘩することになったのは、尾津・白戸コンビに少しリードされたからなんでしょ？」

「おれは、部下たちをライバル視なんかしてないっ」

「そうですかね」

「きょう中に、生稲がシロかクロか見極めてやる。そうすりゃ、尾津たち二人との差は縮まるだろうが！」

「あっ、やっぱり競争心はあったんですね」

「うるさいっ。頭から飲みかけのコーヒーをぶっかけるぞ」

能塚が口を尖《とが》らせた。勝又主任が首を竦《すく》める。

「おれたち二人は、少し多田の動きを探ってみますよ」

尾津は室長に言った。

「ああ、そうしてくれ。ピアジェを左手首に光らせてたからって、官費を横領してるとは限らないけどな。ギャンブルにハマった男は、たいてい金に困ってる。美人検事と組んでた多田がつい出来心で公金に手をつけ、だんだんエスカレートしていったとも考えられる」

「ええ」

「久住検事は正義感が強かったみたいだから、相棒の不正を内部告発する可能性は低くないよな？」

「そうですね」

「四十過ぎの多田が懲戒免職になったら、人生は暗転する。もう若いとは言えないから、たやすくリセットはできない。そんなことで、多田は美人検事を長谷川に殺《や》らせたとも推測できる。実行犯との接点は、まだ摑めてないけどな」

能塚が、またコーヒーを飲んだ。尾津もマグカップを手に取った。

そのとき、白戸が口を開いた。

「午前中から多田に張りついても、時間の無駄だと思うよ。多田は職務をこなしてるだろうし、東京地検特捜部の連中も身内の恥を晒《さら》すような証言はしないでしょ？　たとえ多田が職場の金をくすねてることを知っててもね」

「そうだろうな」

室長が応じた。

「尾津さんとおれは、夕方ぐらいから多田に張りつけばいいんじゃない？　それまで、長谷川が入院してる八王子の『悠仁会《ゆうじんかい》医療センター』で再聞き込みをしたり、加害者の母親に会ったほうが能率的でしょ？」

「やくざ刑事《デカ》も、たまにはいいことを言うじゃないか。元暴力団係《マルボウ》も、殺人捜査にだいぶ馴《な》れてきたな」

「そんなふうに言われても、おれ、あまり嬉しくないな。まるで木偶《でく》の坊みたいな言われ方だからね」

「以前のおまえは、もっぱら荒っぽい捜査をしてた。そのころとは違って、だいぶ成長したよ。教育係だった尾津に感謝しないとな」

「室長、ちょっと待ってよ。確かに尾津さんは強行犯係のベテランだけど、被疑者や不審者の痛めつけ方は半端じゃないんだ。おれよりも反則技を使ってるんじゃないかな」

「えっ、そうなのか。尾津、どうなんだ？」

「おれは、いつだって紳士的な捜査をやってますよ」

尾津は澄まし顔で答えた。

白戸が呆《あき》れ顔になった。しかし、非難めいたことは言わなかった。自分も同罪だと思っているからか。

「違法すれすれの反則技には目をつぶってやるが、あんまり派手に犯罪者を追い込むなよ。連中にも人権はあるんだからさ」

「わかってますよ」

「無茶は極力、控えてくれな。それじゃ、尾津たちには『悠仁会医療センター』に行ってもらおうか」

「了解です。捜査資料によると、これまで長谷川の病室に不審な人物が接近したことはないとのことでした。しかし、長谷川に女検事殺しを依頼した奴がいたら、そいつはいつもびくついてたはずです」

「だろうな。長谷川の意識が戻ったら、自分が主犯だと喋られる恐れがある」

「ええ。そうなったら、そいつは一巻の終わりです。機会さえあれば、実行犯の長谷川の息の根を止めたいと思ってるにちがいありません」

「しかし、病室に接近するチャンスがなかったってことか。尾津、待てよ。ひやひやしながら、三年四ヵ月も平気でいられるとは考えにくいな」

「殺人依頼者は、病院スタッフから長谷川の意識が蘇《よみがえ》ることはほぼ百パーセントないと聞いてたのかもしれません」

「そうなんだろうな、おそらく」

「あるいは、長谷川は殺しの依頼人に何か致命的な弱みを握られてるのかもしれないな。そうだったとしたら、意識が戻っても……」

「長谷川は警察に主犯の名前は口が裂けても言わないだろうね」

「もうひとつ考えられるのは、長谷川は黒幕に大きな恩義があるのかもしれません」

「殺しの依頼人は、長谷川の命の恩人なんだろうか」

「多分、口を割れないようなでっかい借りがあるんでしょう」

「ちょっといいですか」

勝又が能塚に発言を求めた。

「何だ？」

「長谷川を操った奴《あやつ》は、事件直後に国外逃亡したとは考えられませんかね。室長、どう思われます？」

「高飛びか。国外のどこかに潜伏してるんだったら、もし長谷川が殺しの依頼人の名を吐いても、捕まる確率は低いだろうな。つまり、わざわざ長谷川の口を永久に塞《ふさ》ぐ必要はないわけだ。考えられなくはないな」

「室長、そうなんだと思います。だから、三年以上も長谷川の病室に近づく怪しい人物はいなかったんですよ。これで、説明がつくんじゃないですか」

「そうだな」

能塚が大きくうなずいた。尾津は話に加わった。

「問題は、長谷川が本当に代理殺人を請け負ったかどうかですね。捜査資料通りなら、肝心なことの裏付け《ウラ》がまだ取れてません」

「そうなんだよな。状況から判断して、いわゆる衝動殺人ではないという心証は得てるんだが、長谷川が美人検事殺しを頼まれたどうかは未確認だ」

「その確認をしないと、見込み捜査になっちゃうな」

「尾津、長谷川の背後に主犯がいるのかどうかを確かめようや。おれは専従班から全情報を貰って、勝又と生稲を揺さぶってみる。先に出てくれないか」

能塚が指示した。

尾津・白戸コンビはアジトを出て、地階の車庫に降りた。スカイラインに乗り込み、本部庁舎を出る。首都高速経由で、中央自動車道の下り線に入った。

目的の私立総合病院は、八王子市子安町《こやすまち》にある。医療刑務所の近くにあるはずだ。

犯行後に崖から転落した長谷川は八王子市内の救急病院で開頭手術を受けた。一命は取り留めたものの、意識は戻らなかった。その後、別の総合病院に移り、さらに『悠仁会医療センター』に転院した。

長谷川は殺人罪及び殺人未遂容疑で起訴されていたが、いまだに公判は開かれていない。未決囚は医療刑務所には入れなかった。

やがて、車は八王子ICに達した。

スカイラインは一般道に下り、とちの木通りに面した『悠仁会医療センター』の駐車場に入った。尾津たちは受付ロビーで身分を明らかにして、看護師長に面会を求めた。

数分待つと、五十年配の看護師長がやってきた。ふくよかな女性で、関戸《せきど》綾子《あやこ》という名だった。

尾津は名乗ってから、真っ先に問いかけた。

「長谷川宏司の意識が戻る可能性はゼロなんでしょうか？」

「担当医の話ですと、数パーセントの可能性はあるということでした。ですけど、いつごろ意識を取り戻すかは予想できないそうです」

「そうですか。病室は？」

「奥の入院棟の七階の四人部屋です」

「個室じゃなかったんですか」

「転院して十日ぐらいは、個室にいたんですよ。ですけど、症状に変化はありませんでした。そんなことで、四人部屋に移ってもらったわけです。警察は何かあったら、困るから個室に入れておいてほしいと申し入れてきたんですけどね。でも、長谷川さんの母親が税金で入院費を払ってもらうのは心苦しいとおっしゃったんで……」

「そうか、入院費は個人負担ではなかったんだな。いずれ判決が下れば、身内が入院費を払わされることになるんでしょうがね」

「そのあたりのことは、よくわかりません」

「そうですか。長谷川の病室に不審者が近づいたことはあります？」

「一度もないと思いますよ、そういうことは」

「相部屋ですからね」

「ええ。長谷川宏司さんは、誰かに命を狙われてるんですか？」

　看護師長が問いかけてきた。

「なぜ、そう思われたんです？」

「お母さんがほぼ一日置きに息子さんの様子を見にいらっしゃるんですが、宏司が衝動殺人に走ったとはどうしても思えないと何度もおっしゃってたんでね」

「被害者とは長谷川宏司、まったく面識がなかったんですよ。それで初動捜査では通り魔殺人事件という見方をしたわけです。しかし、その後の調べで代理殺人の疑いが出てきたんです」

「ということは、長谷川さんは誰かに頼まれて凶行に及んだようなんですね？」

「そうです。そんなわけで、病室の様子をうかがう不審者がいたかどうかを確認させてもらったんですよ」

「そうだったんですか」

「母親の郁恵《いくえ》さんのほかに、見舞いに訪れる者はいるのかな？」

白戸が質問した。

「失礼ですけど、本当に刑事さんなの？　そうは見えないわね」

「さっきは名乗っただけだけど、顔写真付きの身分証を見せましょうか」

「そこまでしてくださらなくても、結構ですよ。いろんなタイプの私服警官がいるのね」

「おれ、強面《こわもて》なんで……」

「一瞬、やくざ者かと思っちゃったわ。あら、ごめんなさい。気を悪くさせてしまったわね」

「よく組員に間違われるんで、別に気分は害してませんよ。それより、さきほど訊いたことですが、どうなんすか？」

「お母さんのほか、見舞客はいませんね。大それたことをしてしまったんで、友達や知り合いは近づきたくないんでしょうね。自業自得なんでしょうが、ちょっとかわいそうな気がするわ」

「師長さん、長谷川の病室をちょっと覗かせてもらえませんかね？」

尾津は言った。

「警視庁の方なら、問題はないでしょう」

「案内していただけます？」

「わかりました」

関戸綾子が体を反転させ、足早に歩きだした。尾津たちは後に従った。

入院棟のエレベーターで、七階に上がる。長谷川の病室は、ナースステーションの近くにあった。看護師長につづいて、尾津と白戸は入室した。

殺人者は通路の右側の奥のベッドに横たわっていた。窓寄りだ。陽《ひ》に当たっていないせいか、顔は蒼白《あおじろ》かった。

無精髭《ぶしょうひげ》は伸びていない。母親が見舞いに訪れるたび、息子の顔にシェーバーを当ててやっているのだろう。

看護師長が長谷川の耳許で呼びかけた。

だが、なんの反応もなかった。尾津は長谷川の体を軽く揺すってみた。結果は同じだった。

「安眠してるような感じだな」

白戸が呟いた。数秒後、同室者がわざとらしい咳《せき》をした。眠りたいのだろうか。

尾津たちは病室を出た。看護師長が、エレベーターホールの方から歩いてくる五十代半ばの女性に目礼した。相手も会釈《えしゃく》する。

「長谷川さんのお母さんですよ。わたしは、ここで失礼しますね」

看護師長が尾津に小声で言って、ゆっくりと遠ざかっていった。

尾津は長谷川郁恵に一礼し、刑事であることを告げた。

「宏司の母親です。警察の方たちにはご面倒をかけ、申し訳なく思っています。親のわたしにも責任はあることは承知しています。どうかお赦《ゆる》しください」

「お母さん、頭を上げてください。事件当時、息子さんは二十九だったんです。もう子供じゃありません。親の責任ではありませんよ」

「ですけど……」

「捜査当局は、三年四カ月前の事件は通り魔殺人を装った計画的な犯行という見方をしてます。しかし、加害者の背後関係が透けてこないんです。あなたの息子さんは誰かに頼まれて、若くて美しい検事を刺殺したんでしょう」

「わたしも、ずっとそう思っていました。ですけど、脳挫傷を負った宏司は意識を失ったままで三年以上も眠った状態です。事件の真相を早く知りたいと思っているんですけど……」

「犯行前、息子さんはあなたに何か洩らしてませんでした？」

「特に何も」

「そうですか。捜査本部の者たちが自宅アパートの息子さんの部屋にあった物の大半を捜査資料として借り受けたんですが、事件を解く手がかりは得られませんでした」

「そのことはうかがっています」

「その後、高円寺《こうえんじ》の自宅から〝おやっ〟と思われる物品は見つかりませんでしたか？」

「三年前の事件と何か関わりがあるかどうかわかりませんが、宏司の部屋の押入れの天井に預金通帳と銀行印が隠されてました」

郁恵がためらいながらも、新事実を教えてくれた。白戸が早口で確かめる。

「通帳の名義は、息子さんだったのかな？」

「ええ、そうです。それで、〝中村一郎《なかむらいちろう》〟という方から二百万円振り込まれてたんですよ」

「振込日は、いつになってました？」

「宏司が事件を起こす五日前です。三年前の二月二日ってことになりますね。銀行は東西《とうざい》銀行の新宿《しんじゆく》支店でした。もしかしたら……」

「お母さん、言いかけたことをおっしゃってください」

尾津は促した。

「息子は二百万円と引き換えに殺人を請け負ったのかもしれないと思ったんです。宏司は仕事を転々としてたんで、毎月、食費も渡してくれてなかったんです。わたしはずっと洋服の縫製《ほうせい》の仕事をしてきたんですけど、手取りの給料は二十万円に満たないんですよ。ですんで、生活は楽じゃありませんでした。息子はそれをよく知ってたんで、代理殺人で少しまとまったお金を手に入れようとしたのかもしれませんね」

「〝中村一郎〟というのは、いかにも偽名っぽい。殺人依頼者が偽名で、息子さんの口座に着手金を振り込んだとも考えられますね」

「わたし、銀行に行って振込人のことを教えてほしいとお願いしたんですよ。でも、個人情報に関することは教えられないと断られてしまいました」

「その通帳のことは警察の者には教えたんですか？」

「いいえ。事件とは別に息子が不正な手段で手に入れた二百万だったら、もっと罪が重くなると思ったんで……」

「きょうまで黙ってたわけですか」

「はい、そうです。申し訳ありません」

郁恵が涙ぐみ、うなだれた。

「〝中村一郎〟のことを調べてみますよ。銀行も、警察には協力してくれると思います」

尾津は郁恵に言って、相棒と歩きだした。

赤信号に引っかかった。

2

スカイラインが減速し、ゆっくりと停まる。八王子ICの七、八百メートル手前だった。

助手席に坐った尾津は官給携帯電話を使って、能塚室長に連絡を取った。スリーコールで、通話可能になった。尾津は、長谷川の母親から得た新情報をつぶさに伝えた。

「事件の起こる五日前に、長谷川の銀行口座に〝中村一郎〟から二百万円振り込まれてたのか」

「ええ。その二百万が殺しの報酬の着手金と考えてもいいでしょう」

「そうだろうな。これで、長谷川の背後に主犯がいたことはほぼ確定したじゃないか。長谷川は衝動殺人に見せかけて、依頼人に指定された標的の久住詩織をダガーナイフで刺し殺したにちがいない」

「ええ、そうなんでしょう。被害者の連れの駒崎諒一に危害を加える気はなかったんでしょうが、抵抗されたんで……」

「仕方なく駒崎の左腕と脇腹の二ヵ所を切りつけたんだろう。傷は浅かったから、殺意はなかったんだと思うよ」

「本家の大久保係長に東西銀行新宿支店に協力要請してもらってください。どうせ〝中村一郎〟は実在しないんでしょうが、伝票に記入された住所か電話番号が身許割り出しの手がかりになるかもしれませんので」

「そうだな。大久保ちゃんには、すぐ電話するよ」

「お願いします。室長たちは現在、神田《かんだ》にある生稲浩樹の事務所の近くにいるんですね？」

「そう。対象者《マルタイ》はまだ福岡から東京に戻ってないらしく、オフィスにはいないんだ」

「そうですか。おれたちは東京地検で多田に関する聞き込みをします」

「わかった。大久保ちゃんから回答があったら、尾津に電話するよ」

能塚が通話を切り上げた。

いつの間にか、信号は青に変わっていた。ほどなく覆面パトカーは八王子ＩＣから上り線に入った。意外にも、車の流れはスムーズだった。

「人生、うまくいかないもんだね」

白戸がステアリングを捌《さば》きながら、脈絡もなく言った。

「なんのことだ?」

「長谷川のことだよ。母親に苦労をかけっ放しじゃ申し訳ないと思って、殺人《コロシ》を引き受けたんだろう。けど、着手金と思われる二百万を渡せないうちに植物状態になっちゃった」

「汚れた金が母親に渡ってなかったことは、よかったんだと思うよ。その二百万円を生活費に遣ってたら、おふくろさんの苦悩はいまよりも深くなるからな」

「そうか、そうだね。長谷川は少し忍耐力が足りなくて定職に就《つ》けなかったんだろうけどさ、片親だけの家庭で育った子供は上手に世間を渡っていけないケースが多い。やくざの何分の一かは、母子家庭か父子家庭で育ってる」

「人の道を外れてしまったことを生《お》い立《た》ちのせいにするのは卑怯だし、狡《ずる》いな。子供のころに寂しい思いをしても、真っ当に生きてる者は大勢いるよ」

「別に長谷川や組員たちを弁護するつもりはないんだ。もっと上手に生きりゃ、仕事や金には困ることはないのにと思っただけなんだよ。でも、器用に生きられない奴らのほうが人間味があるけどね」

「そうだな。しかし、金欲しさに人殺しを請け負ってはいけないよ」

「尾津さんの言う通りだけどさ、長谷川に女検事を殺《や》らせた主犯のほうが汚いよ。てめえの手は汚そうとしなかったわけだから」

「殺しの依頼人は、実行犯よりも罪深いな」

尾津は口を結んだ。車内に沈黙が横たわった。

やがて、スカイラインは九段の検察合同庁舎に達した。白戸が車を合同庁舎の手前の路《ろ》肩《かた》に寄せる。

少し先にそびえている合同庁舎が多田忠彦の職場だ。

「特捜部のフロアに上がって、多田の生活ぶりを聞き込むのは賢明じゃないな」

尾津は言って、膝の上で捜査ファイルを開いた。

「特殊・直告班の有馬到《ありまいたる》班長なら、多田がギャンブル狂だってことはわかってるでしょ？ おそらく消費者金融や街金の連中が職場に押しかけたこともあると思うよ」

「そうだろうな」

「ひょっとしたら、多田が職場の金を着服してたことに勘づいてたのかもしれないよ」

「だとしても、外部の人間にそのことを認めるはずはない。白戸、作戦を変更しよう。検事や検察事務官が多田の私生活について不用意な発言をするとは思えない。検察の連中は自分たちのイメージが汚れることを嫌ってるからな」

「そうだね。警察関係者より世間の目を気にしてるから、職場の仲間がギャンブルにハマって借金塗《まみ》れだったなんてことは言いそうもないな。で、どうするの？」

「ブラックジャーナリストを装って、有馬班長と多田本人に鎌をかけてみるよ。少し車を走らせて、公衆電話ボックスの横につけてくれ」

「了解！」

白戸がスカイラインを発進させた。尾津はファイルに記《しる》されている特捜部特殊・直告班の直通電話番号と多田のモバイルフォンのナンバーを手帳に書き写した。

公衆電話が見つかったのは、数分後だった。神保町の裏通りにあった。

尾津はスカイラインの助手席から出て、テレフォンボックスに入った。百円硬貨を三枚投入し、先に特殊・直告班に電話をかける。

有馬班長が直《じか》に受話器を取った。

「特捜部は正義の使者の集まりだと思ってたが、そうじゃなかったんだな」

尾津は作り声で言った。

「誰なんだ、きみは？」

「名乗るわけにはいかないんだ。おれのことをブラックジャーナリストと呼ぶ奴らもいるんでね」

「いたずら電話につき合うほど暇じゃないんだ。電話、切るぞ」

「あんた、懲戒処分を受けることになってもいいのかい？」

「な、何を言ってるんだ⁉」

「あんたの監督不行き届きで、久住詩織は死んだかもしれないんだぜ」

「きみは頭がおかしいようだな。久住検事は三年四カ月前に帰宅途中に通り魔殺人事件の被害者になって、若い命を散らしてしまったんだ。優秀な部下だったんで、その死が惜《お》しまれてならない」

「衝動殺人は仕組まれた疑いが濃いんだよ」

「仕組まれた殺人事件の疑いがあるって⁉　いい加減なことを言うなっ」

有馬が声を高めた。

「おれの友人に元刑事がいるんだよ。その男は殺人捜査のベテランだった。虚偽情報《ガセネタ》をおれに売りつけたことは一度もないんだ」

「いったい誰が仕組んだんだね？　話を聞こうじゃないか」

「女検事は、食材と産地偽装を十七のホテルに八年間もやらせてた『東和観光』を内偵中に死んだんだよな？」

「そ、そうだが……」

「内偵してたのは、ホテルチェーンだけじゃない。反原発派の進歩的文化人の言論活動を妨害してた利権右翼の羽柴実、それから大口脱税者に査察情報を餌に金を騙《だま》し取ってた元東京国税局査察官の生稲浩樹も調べてたよな？」

「なぜ、きみがそんなことまで知ってるんだ⁉」

「おれのネットワークは小さくないんだよ」

「捜査対象者のうちの誰かが実行犯を雇って、久住検事を葬らせたのか？」

「おれはそう睨んで、内偵対象者たちを洗ってみた。その結果、『東和観光』関係者と元総会屋の羽柴は事件に関与してないことがわかった」

「元東京国税局査察官の生稲が査察にまつわる詐欺を立件されることを恐れ、長谷川とかいう実行犯を雇ったのかね？」

「生稲の容疑はまだ晴れてないが、怪しい奴がもうひとり出てきたんだ」

「ほかに内偵対象者はいなかったはずだがな」

「特捜部内部の人間だよ」

「おい、無礼だぞ。久住検事は人柄がいいんで、職場の誰からも好感を持たれてたんだ。何かで同僚検事や検察事務官と気まずくなったことは一遍もないぞ」

「ところで、美人検事とコンビを組んでた多田忠彦はギャンブル好きで、サラ金や街金から金を借りまくってたな」

「そうなのか。それは知らなかったよ」

「とぼけ方が下手だな。職場にも取り立ての奴らが押しかけてたんじゃないのかっ」

「そういうことは一度もなかったよ。本当だ。嘘じゃない。多田君が賭け事好きだということは知ってたが、小遣いの範囲で楽しんでたんじゃないのか。職場でギャンブル資金を貸した者はひとりもいないと思うよ」

「多田は職場の金に手をつけてたんだろう」

「捜査費などの公金はきちんと管理されてるから、検察事務官が勝手に着服なんかできっこない。たとえスペアキーをこっそり作っていたとしても、盗み出すことなんかできないよ。架空の捜査費で水増し請求しても、その額は微々《びび》たるもんだろう」

「だろうな」

尾津は短い返事をした。駒崎が美人検事から聞いたという話は事実ではなかったのか。しかし、久住詩織と交際していた男が嘘をつかなければならない理由はないだろう。

多田は何か別の悪事を働いていたのか。それは大きな犯罪だった。口にするのは、はばかられた。そんな理由で、相棒の多田が官費を着服しているようだと脚色したのだろうか。

「多田は勝負事に目がないが、熱血漢なんだ。公金の横領なんてしてるはずない」

「有馬さん、多田がピアジェの薄型腕時計を嵌めてるのを知ってるね？」

「その高級腕時計は知り合いの物で、ちょっとの間借りてるだけだと言ってたよ。彼は奥さんと都内の公務員住宅で質素な生活をしてる。不正な手段で手に入れた金でギャンブルをしたり、贅沢品を購入したなんてことは考えられないね」

「多田の横領の件が発覚したら、あんたは降格されるだろう。だから、多田を懸命に庇《かば》ってるんじゃないのか？」

「そうじゃない。久住検事の事件が仕組まれたものだとしたら、実行犯の雇い主は生稲浩樹なのかもしれないぞ。われわれは強請《ゆす》られるようなことはしてないっ」

有馬が言い放ち、荒っぽく電話を切った。

尾津は受話器をフックに掛けた。硬貨が戻ってきた。改めて百円玉を三枚スロットに投げ入れ、今度は多田の携帯電話を鳴らした。

ツーコールで、電話が繋がった。

「どなたでしょう？」

「ピアジェを嵌めてるわけだから、サラ金や街金の借金は返済したようだな」

「おたく、何者なんだ!?」

「自己紹介は省《はぶ》かせてもらうぜ。うっかり油断してると、逮捕《パク》られるかもしれないからさ」

「堅気じゃないんだな？」

「善良な市民とは言えないが、どの組にも足《ゲソ》はつけてないよ。あんた、四年ぐらい前まではギャンブル資金をあちこちから借りて利払いに追われてたんだよな？」

「えっ」

「否定しなかったね。急に金回りがよくなったのは、どうしてなんだい？　まさか偽札を大量に刷ったわけじゃないよな？」

「妻の定期預金と生保を解約して、借金を一括返済したんだ。後ろめたいことなんかしてないっ」

「女房は一千万円の定期預金をしてたのかい？　ずいぶん貯めたんだな」

「その質問に答える義務なんかないぞ」

「ピアジェの腕時計は預かってる物なんだって？　有馬班長にはそう言ったらしいな」

「おたくは誰なんだ？　電話をしてきた目的は何なんだよっ」

「あんたは官費を着服してたんじゃないのか？　そのことを久住詩織に知られたようだな。どうなんだ？」

「言いがかりをつけると、おたくを警察に捕まえさせるぞ」

多田の声は震えを帯びていた。

「やれるものなら、やればいい。その代わり、おれもあんたの犯罪をマスコミにリークすることになるぜ」

「わたしは犯罪者なんかじゃない」

「そんなふうに言い切ってもいいのかい？　こっちは、あんたが危《ヤバ》いことをやってる証拠を押さえてるんだ」

尾津はブラフを口にした。

「わたしが何をやったと言うんだっ」

「自分の胸に訊《き》け。心当たりがあるはずだ。あんたはそのことを相棒だった久住詩織に知られてしまったんで、第三者に衝動殺人を装って始末させたんじゃないのか？　女検事を刺殺した長谷川宏司とあんたに接点はないと警察は怪しみもしなかったようだが、おれの目は節穴じゃないぞ」

「ばかばかしい言いがかりなんで、怒る気にもなれない」

「こっちは切り札を持ってるんだ。あんたの女房は高額の定期預金なんかしてなかったし、生命保険も解約なんかしてない」

「おたくはそんなことまで調べてたのか!?」

「図星だったんで、だいぶ狼狽《ろうばい》してるな。おれは正義の使者なんかじゃない。あんたが都合の悪い人間を第三者に片づけさせたからって、警察に教える気なんかないんだ」

「………」

「急に黙っちまったな。おれの正体を突きとめて、また誰かに殺しの依頼をする気になったのか」

「久住検事はずっと年下だったが、わたしは彼女を尊敬してたんだ。たとえ大喧嘩したとしても、検事を亡き者にしようなんて絶対に思わないよ」

「女検事があんたの不正を告発する気でいたら、話が違ってくるだろうが？」

「まだ、わたしを疑ってるのかっ。久住検事の死には絡んでない。天地神明に誓える。おたくは言いがかりをつけて、わたしから金をせびりたいんだよな。しかし、金なんか渡す気はない。わたしは何も後ろ暗いことなんかしてないんだ」

「シラを切り通すなら、あんたがやったことをマスコミと警察に教えてやろう」

「おたくは屑《くず》だ。恐喝屋は早くくたばっちまえ！」

多田が罵《ののし》って、電話を切った。

大胆に鎌をかけ、揺さぶってもみた。疚しさがあったら、必ず慌てふためくにちがいない。

尾津は受話器をフックに掛け戻し、吐き出された硬貨を摑んだ。ボックスを出て、スカイラインの助手席に乗り込む。

「有馬と多田の反応はどうだったの？」

白戸が開口一番に訊いた。

尾津は通話内容を手短に伝えた。

「多田は官費をネコババしてたんじゃなくてさ、危《ヤバ》いことをやって荒稼ぎしてたんじゃないのかな。その金で消費者金融や街金の借金も返済したんでしょう」

「そのことを美人検事に知られたんで、誰かに紹介された長谷川を実行犯にした。白戸、そういう読みなんだな？」

「うん、そう」

「まるで考えられないことじゃないな。しばらく多田忠彦に張りつこう」

「了解！」

白戸がおどけて敬礼した。尾津は小さく笑った。

それから数分が過ぎたころ、能塚室長から尾津に電話がかかってきた。

「大久保ちゃんから回答があったんだがな、〝中村一郎〟は実在しなかったと東西銀行が教えてくれた。伝票に記入されてた住所と電話番号も、でたらめだったそうだよ」

「当然だろうが、三年前の二月二日の行内カメラの録画映像は二年数カ月前に消去されたってさ。録画が残ってりゃ、殺しの依頼人はわかったかもしれない。残念だが、仕方ないだろう。事件発生時から、だいぶ時間が経過してるからな」

「そうですね。室長、生稲は自分の事務所に顔を出したんですか？」

「それがまだなんだよ。そっちの聞き込みに成果はあったのか？」

「実は作戦変更して、直告係の有馬班長と多田に電話で鎌をかけてみたんですよ」

尾津はそう前置きして、詳細を報告しはじめた。

「予想通りだったな」

3

捜査対象者が職場から出てきた。

午後七時過ぎだった。多田検察事務官は九段下駅の近くでタクシーに乗り込んだ。グリーンとオレンジに塗り分けられた車だった。追尾しやすいツートンカラーだ。

「慎重にタクシーを尾けてくれ」

尾津は白戸に指示した。白戸がスカイラインを走らせはじめる。

タクシーは大手町《おおてまち》を回り込み、晴海《はるみ》通りをたどりはじめた。隅田川《すみだがわ》を越え、晴海三丁目から豊洲《とよす》方面に向かった。

「自宅の公務員住宅とは逆方向だな。白戸、行き先に見当つくか？」

「道なりに進むと、東京国際展示場《ビッグサイト》がある。多田は何かの催物を覗く気なんじゃないのかな」

「そうだろうか。この近くに秘密カジノがあるとは考えられないかい？」

「ちょっと考えられないね。建物が多くない場所に違法カジノなんか作ったら、どうしても人の出入りが目立つでしょ？」

「そうだな」

「だからさ、秘密カジノはどこも繁華街の雑居ビルか飲食店ビルの中にあるんだ。会員制のバーを装ってるカジノもあるね。共通してるのは、どこも必ず二重扉になってる」

「多田は秘密カジノに行くんじゃないようだな」

「と思うよ」

白戸が口を閉じた。

それから間もなく、多田を乗せたタクシーは東京ビッグサイト東《ひがし》信号を左に折れた。東雲《しののめ》鉄鋼団地の中に入り、佐川《さがわ》急便の集配センターを回り込んだ。その先は建材埠頭だった。

貨物船は一隻も接岸していない。東京湾の海面は闇に溶け込んでいる。

タクシーが岸壁の手前で停まった。

多田が降りる。タクシーはじきに走り去った。多田は夜の海を眺めながら、紫煙をくゆらせはじめた。

白戸が車を倉庫ビルの際《きわ》に寄せ、手早くライトを消した。エンジンも切る。

「多田は埠頭で誰かと会うことになってるんだろうな。尾津さん、そうだよね？」

「そうとも思えるが、もしかしたら……」

「もしかしたら？」

「多田は揺さぶりの電話をかけたおれの正体を突きとめる気になったのかもしれないぞ」

「つまり、人のいない場所に尾行者を誘い込んだってことだね？」

「そうだ」

尾津はうなずいた。ちょうどそのとき、懐で捜査用の携帯電話が着信音を発した。私物のモバイルフォンは、マナーモードにしてある。

尾津は携帯電話を取り出した。発信者は能塚室長だった。

「少し前に生稲浩樹の事務所に乗り込んで、いろいろ揺さぶりをかけてみたよ。元東京国税査察官は本事案《ほんじあん》ではシロだな。捜査本部と本家の専従班の調べは間違いないよ。勝又も、そういう心証を得たと言ってる」

「そうですか。なら、『東和観光』の関係者、羽柴実、生稲浩樹は捜査対象から外しましょう」

「ああ、そうすべきだな。時間を無駄にしたわけだが、これまでの捜査が甘かったかもしれないから、確認は必要だったと思うよ」

「ええ、捜査は無駄の積み重ねですからね」

「多田の動きはどうだい？」

「妙な動きをしはじめました」

尾津は経過を話した。

「多田は、脅迫電話をかけてきた尾津の正体を突きとめたくて建材埠頭に誘い込んだと考えたほうがよさそうだな」

「そうなんでしょう」

「きょうは、おまえと白戸、拳銃を携行してなかったはずだな。二人だけじゃ、心許ないだろ？　おそらく多田は、荒っぽい男たちに手助けしてもらう気なんだろう」

「でしょうね」

「おれたち二人も、東雲に急行しようか？」

「白戸と二人で大丈夫ですよ。室長と主任はアジトに戻って、待機しててください。応援が必要なときは、すぐ要請しますんで」

「そうか。それでは、おれたちは先に分室に戻ってるぞ」

能塚が通話を切り上げた。尾津は官給携帯電話を上着のポケットに戻し、能塚から聞いたことを白戸に伝えた。

「そういうことなら、多田をしっかりマークしないとね。奴は女検事に何か不正の事実を知られてしまったようだからさ」

「それは間違いないだろう」

「尾津さんの勘は正しいようだね。多田は煙草を喫《す》いながら、何度も振り返った」

「尾行者がいることを覚《さと》ったんだろう。そのうち助っ人がここにやってくることになってるにちがいない」

「助っ人たちが来る前に、多田を締め上げようよ」

「そうするか。特殊警棒をいつでも引き抜けるようにしといたほうがいいな。多分、呼び寄せた助っ人は堅気じゃないんだろうから」

「だろうね。刃物だけじゃなく、拳銃も隠し持ってそうだな。尾津さん、行こう」

白戸がドアを静かに押し開け、運転席から出た。尾津も、そっとスカイラインから降りた。

二人は足音を殺しながら、多田の背後に忍び寄った。多田が気配を感じたらしく、体を反転させた。

そのとき、黒塗りのベンツが尾津たちの前に猛進してきた。車内には、三人の男が乗り込んでいた。いずれも、ひと目で暴力団組員とわかる。

運転席の若い男が多田を見ながら、助手席を指さした。多田がベンツを回り込み、急いで助手席のドアを開けた。

「おい、待てよ」

白戸が多田に声をかけた。

すると、ベンツの後部座席から二人の男が躍《おど》り出てきた。ともに三十代の前半に見えた。片方は剃髪頭《スキンヘッド》で、中肉中背だ。凶暴な面相をしている。白っぽいスーツ姿だ。

もうひとりは大柄で、小太りだった。髪型はオールバックだった。

ベンツが急発進した。テールランプは、ほどなく闇に紛《まぎ》れた。

「多田さんにおかしな電話をかけたのは、どっちなんでえ？」

スキンヘッドの男が肩をそびやかしながら、尾津と白戸の顔を交互に睨《ね》めつけた。仲間は二人の背後に素早く回り込んだ。

「なんの話だ？」

尾津は空とぼけた。

「ばっくれやがって。おれらは、てめえらのスカイラインを尾《つ》けてたんだよ。筋者じゃねえんだろうが、いい根性してるな」

「どういう意味なんだい？」

「覆面パトのナンバープレートをかっぱらって、スカイラインにくっつけたんだろ？　恐喝屋なんだろうが、悪知恵が回るな。警察車輛のナンバーの数字の頭には、たいがいさ行かな行の平仮名が付けられてる。怪しまれても、刑事だと切り抜けられるからな」

「おれたちは……」

白戸が身分を明かしかけて、急に口を噤《つぐ》んだ。

「何でえ？」

「いや、何でもない。おれたちは、多田忠彦の弱みを握ってる。検察事務官でありながら、ああいう不正をやってたんだ。恐喝《カツアゲ》されても仕方ねえだろうな」

「多田さんがどんな危《ヤバ》いことをしたってんだ？」

スキンヘッドの男が白戸に訊いた。白戸が尾津の顔を見る。どう応じるべきか、迷ったようだ。

「多田は職場の金を着服して、ギャンブル資金に充《あ》ててた。それから、消費者金融や街金の利払いをしてたんだろう」

「横領なんてしてねえはずだ。多田さんは……」

「官費を横領はしてないはずだって？」

「そうだよ。てめえらは誰かに偽情報《ガセネタ》を掴まされたのさ。そんな材料じゃ、口止め料なんか脅し取れないぜ」

「多田の致命的な弱みも押さえてあるんだ」

「フカシこくんじゃねえ」

背後の男が大声を張り上げた。尾津は体を半分だけ傾けた。

「はったりじゃない。おれたちは多田の急所を握ってる。それで、口止め料をせしめる気になったんだよ」

「どんな急所を握ったのか、言いな」

「頭《ペテン》が悪いな。金になる強請《ゆすり》の材料をむやみに他人《ひと》には言うわけないじゃないか」

「言わせてやらあ」

大柄な男がにっと笑い、前蹴りを放った。

尾津は横に跳《と》んで、中段回し蹴りを見舞った。相手が呻いて、体をよろめかせた。すかさず白戸がオールバックの男を肩で弾《はじ》く。

男は体をくの字に折りながら、尻餅《しりもち》をついた。

尾津はステップインし、相手の顎《あご》を蹴り上げた。骨と肉が鈍く鳴った。小太りの男は唸って、蛙のように腹を見せて引っくり返った。獣じみた声を発しながら、体を丸めはじめた。

「てめえら、撃《ハジ》かれてえのかよ!」

スキンヘッドの男が息巻き、上着の中を探《さぐ》った。摑み出したのは、ノーリンコ59だった。

中国でライセンス生産されているマカロフだ。旧ソ連の設計で、撃鉄《ハンマー》露出式の中型拳銃である。ダブル・アクションだ。引き金を絞りつづければ、連射できる。

マガジンクリップには九ミリ弾を八発しか込められないが、予《あらかじ》め初弾を薬室に送り込んでおけば、フル装弾数は九発である。ライフリングは六条右回りだ。

尾津は身構えた。白戸も顔を引き締める。

二人は少し緊張したが、どちらも恐怖には取り憑《つ》かれていなかった。犯罪者に銃口を向けられたことは一度や二度ではない。

中国製トカレフのノーリンコ54と同じようにノーリンコ59も、かなり殺傷力がある。しかし、二十メートル離れれば、命中力はぐっと低くなる。

「正体を吐かねえと、てめえらの頭をミンチにしちまうぞ」

スキンヘッドの男が凄《すご》み、親指の腹でハンマーを掻《か》き起こした。銃口は小さく上下している。人を撃ったことはないようだ。

「撃つだけの度胸があるんだったら、撃ってみろ」

尾津は挑発して、二歩前に進み出た。スキンヘッドの男が反射的に少し退《さ》がった。本気で引き金を絞る気はないようだ。

白戸が体の向きを変え、尾津と背中合わせに立った。怯《おび》えて尾津を弾除《たまよ》けにしたわけではないはずだ。倒れている男の反撃を警戒したのだろう。

「おい、前を向け！」

スキンヘッドの男が白戸に命じた。白戸は黙したままだった。

「連れは刃物《ヤッパ》も持ってねえよ。こっちに向き直らねえと、本当にてめえら二人を撃《ハジ》くぞ」

「早く引き金《トリガー》を引けよ」

尾津は挑発した。

「てめえ、なめやがって」

「おまえら、どこの組の者なんだ？」

「教えねえよ」

「多田とは長いつき合いなのか？」

「うるせえ！　黙って二人とも俯《うつぶ》せになりやがれ」

「言う通りにしなかったら、シュートするって威《おど》しは利かないぜ」

「おれを怒らせるのかよ。なんて野郎なんだ。おれは拳銃《チャカ》を持ってるんだぞ」

「しかし、そっちには人を撃つだけの度胸はない。虚勢を張るのはよせ」

「おれは部屋住みの若い者《もん》じゃねえんだ。これでも、準幹部なんだっ。見くびるんじゃねえぞ」

男が銃口を夜空に向けて発砲した。銃口炎《マズル・フラッシュ》が手の甲を照らす。銃声が轟《とどろ》いたが、宅配便の集配所まで届かなかったようだ。誰も飛び出してこない。

「集配所までは銃声が聞こえねえんだな。撃ちまくるぜ」

スキンヘッドの男がノーリンコ59を握り直した。尾津は、いたずらに相手を刺激しないことに決めた。

「ビビった振りをして、反撃のチャンスを待ったほうがいいよ」

白戸が小声で提案した。

「そうしよう」

「先に腹這《ば》いになるよ」

尾津は白戸に囁《ささや》き、両手を高く挙げた。

「やっと言われた通りにする気になりやがったな」

「おれたちの負けだよ。もう逆《さか》らったりしないから、シュートしないでくれ」

「いいから、地べたに伏せな」

スキンヘッドの男が命令した。尾津は逆らわなかった。白戸も腹這いになる。

「たっぷりお返しするぜ」

髪をオールバックにした小太りの大男が立ち上がって、白戸の腰を蹴った。白戸が長く唸る。

「内臓を血袋《ちぶくろ》にしてやらあ」

小太りの男が息を弾ませながら、白戸を蹴りまくった。白戸は呻き、唸り声をあげた。

「おれたち二人は、フリーの強請屋だよ。他人の弱みを飯の種にしてるんだ。やくざじゃないが、まともな人間とは言えないだろうな」

尾津は、頭をくるくるに剃り上げた男に言った。スキンヘッドの男が歩み寄ってきて、ノーリンコ59の銃口を尾津の頭部に突きつける。

「てめえの名前は？」

「佐藤《さとう》だよ。仲間は鈴木《すずき》だ」

「どっちも偽名臭《くせ》えな。ま、いいや。おれたちは竜門会《りゅうもんかい》の者《もん》だよ」

「竜門会は赤坂や青山《あおやま》を仕切ってる組織だな？」

「そうよ。構成員はまだ三千五百人ちょっとだけど、そのうち御三家をぶっ潰して首都圏を支配してみせらぁ」

「新興の暴力団がそれは無理だろうが？」

「てめえ、ぶっ殺すぞ」

「そう怒るな。おれは客観的な見方をしただけだよ」

「竜門会を軽く見るんじゃねえ。でっかい組織に負けねえぐらいの力を持ってるんだ。関西の最大勢力とは友好関係にあるから、御三家の連中をひざまずかせてやるよ」

「検察事務官が隠れ構成員とは思えない。多田は、竜門会の非合法ビジネスの証拠を握ってるらしいな。それで、必要なときに構成員をボディーガードとして使ってるわけか。そうなんだろ？」

「黙って二人とも立ち上がれ、両手を挙げたままでな」

「わかったよ」

尾津は観念した振りをした。スキンヘッドの男が二メートルほど後退する。銃口は尾津に向けられたままだった。

尾津は立ち上がりざま、スキンヘッドの男にタックルした。弾みで一発、暴発した。銃弾は後方に流れていった。尾津は相手を組み伏せ、右手からノーリンコ59を奪った。右のショートフックを相手の側頭部に叩き込む。

スキンヘッドの男が呻いた。

跳《は》ね起きた白戸がオールバックの男を飛び蹴りで倒し、股間にキックを見舞った。小太りの男が手脚《てあし》を縮めて、体を左右に振った。

尾津は、スキンヘッドの眉間《みけん》にノーリンコ59の銃口を押し当てた。

「名前は？」

「瀬下《せじも》、瀬下健人《けんと》だよ」

「仲間はなんて名だ？」

「小高貴久《こだかたかひさ》……」

「多田はどこに行った？」

「わからないよ。おれたちは、内村《うちむら》会長におたくらを痛めつけろと言われただけだから」

「多田と内村は仲がいいのか？」

「昔はそうじゃなかったんだが、四年半ぐらい前から会長は多田さんに目をかけるようになったんだ」

「竜門会は麻薬の密売、管理売春、違法カジノのほかに街金でもボロ儲けしてるんだよ。おそらく多田は竜門会の息のかかった街金からギャンブル資金を借りて、利払いもできなくなったんじゃないのかな」

白戸が尾津に言った。

「借金を棒引きにしてもらうという交換条件で、多田は竜門会の非合法ビジネスの手伝いをするようになったんだろう。で、会長の内村は多田を味方につけた。現職の検察事務官をブレーンにしといて損はないからな」

「そうなんだろう。内村護《まもる》って会長は東都《とうと》大商学部出の経済やくざだったんだよ。金になるとわかりゃ、どんなダーティー・ビジネスにも手を出す」

「いくつなんだ？」

「確か五十四だよ」

「そうか」

尾津は白戸に言って、ノーリンコ59の引き金の遊び
をぎりぎりまで絞った。人差し指に少し力を加えれば、銃弾は勢いよく放たれるだろう。

「撃つのかよ⁉」

瀬下と名乗ったスキンヘッドの男が、わなわなと震えはじめた。

「場合によっては、シュートすることになるな」

「撃たねえでくれ。内縁だけど、一緒に暮らしてる女がいるんだ。おれ、その女に惚《ほ》れてんだよ」

「多田は何を手伝ってるんだ？」

「よくわからねえけど、多田さんは会長と賭けゴルフをやって負けた中小企業オーナー、医師、公認会計士、サッカー選手なんかから集金してたみたいだぜ。それで、竜門会直営の金融会社から借りてた三百数十万円をチャラにしてもらったんじゃねえかな」

「それだけじゃないんだろうが！　多田はピアジェの高級腕時計を手首に嵌めてる。いまも非合法ビジネスに力を貸して、それ相当の謝礼を貰ってるにちがいない」

「おたくら、強請屋なんかじゃねえな。いったい何者なんでえ？」

「そっちは、おれの質問に答えりゃいいんだっ」

「多田さんが竜門会のために、どんな協力をしてるか知らねえよ」

「そうかな」

尾津は狙いをわずかに外して、瀬下のこめかみの近くで発砲した。銃声がこだまし、硝煙が瀬下の顔面を一瞬隠す形になった。

小高が何か叫びながら、岸壁から海にダイブした。白戸が岸壁から暗い海面を覗き込む。

「沖に向かって泳ぎだしたな。撃たれるかもしれないと思って、とっさに海に飛び込んじまったんだろう。どうする?」

「泳ぎ疲れて、そのうち陸《おか》に戻ってくるだろう。ほっとけばいいさ」

「そうするよ」

「能塚さんに電話して、ここに来てもらってくれ。こいつらの身柄《ガラ》を室長たちに引き渡したら、竜門会の本部事務所に乗り込もう」

尾津は言った。白戸が上着の内ポケットから携帯電話を掴み出す。

「おたくら、刑事みたいだな。スカイラインは本物の覆面パトカーだったのか。くそっ、ドジっちまった」

瀬下が舌を鳴らした。

「銃刀法違反も所持と発射のダブルとなると、執行猶予は付かないな。内縁の妻とは当分、お別れだ。前科《マエ》があるんだろ?」

「傷害と脅迫の犯歴があるんだ。いま財布に三十七、八万入ってるから、大目に見てくれよ。頼むからさ」

「服役して少しは反省するんだな」

尾津は冷笑して、ゆっくりと立ち上がった。

4

防犯カメラの数が多い。

竜門会の本部事務所だ。六階建てのモダンなビルは、赤坂三丁目のみすじ通りに面していた。

代紋や提灯《ちょうちん》は掲げられていないが、オフィスビルとは明らかに雰囲気が異《こと》なる。

白戸が覆面パトカーを本部事務所の十数メートル先の路肩に寄せた。午後九時近かった。

東雲の建材埠頭で痛めつけた瀬下と小高は、駆けつけた能塚・勝又班に引き渡していた。いったん沖に向かって泳ぎだした小高は岸壁に引き返し、救出してほしいと哀願した。

スカイラインのトランクルームには、非常用ロープを入れてあった。尾津はロープを岸壁から垂らし、白戸と力を合わせて小高を引き揚げてやった。

いまごろ瀬下たち二人は、捜査一課の取調室で追及されているだろう。本家の大久保係長も取り調べに加わっているにちがいない。

「本部事務所に乗り込んで、警察手帳《チヨウメン》を呈示《ていじ》する？　尾津さん、決めてよ」

「令状があるわけじゃないから、内村会長も多田も事情聴取にはまともに応じないだろう。本部事務所から構成員が出てきたら、そいつに職務質問《バン》かけようや」

「何か物騒な物か薬物を所持してたら、日本では禁じられてる司法取引を持ちかけるわけだね？」

「そうだ。昔と違って、服役で箔《はく》をつけたいと思ってる筋者はいないよな？」

尾津は、元暴力団係刑事に確かめた。

「そんな奴はゼロに等しいね。起訴されることを恐れてる連中ばかりだよ。兄貴分や親分をとことん庇う奴も少なくなった」

「なら、多田と内村がどんなつき合い方をしてるか喋る奴もいるだろう」

「多分ね。尾津さん、その手でいこう」

白戸が指を打ち鳴らした。二人は車から相前後して降り、竜門会の本部事務所の前を行きつ戻りつしはじめた。

本部事務所から四十年配の男が現われたのは、九時を少し回ったころだった。

尾津は相手に声をかけた。

「そっちは竜門会の人間だよな？」

「ああ、そうだ。やくざ者じゃなさそうだが……」

「竜門会が仕切ってる高級デリバリーヘルス派遣クラブの娘《こ》をホテルに呼んだんだが、ひどい目に遭《あ》ったぜ。こっちがシャワーを浴びてる間に、財布をそっくり持ち逃げされたんだ。枕探しをする女をホテルに送り込んじゃまずいだろうが！」

「竜門会《うち》はいろんなデートクラブをやってるが、枕探しをする娘《こ》なんかいねえぞ。あやつけんじゃねえ」

「現に五日前の夜、おれは三十万入りの札入れを盗《ギ》られたんだぜ。竜門会に責任取ってもらいたいんだよ」

「おめえ、いい度胸してるじゃねえか」

相手が険《けわ》しい表情になった。尾津は先に男の腹に拳《こぶし》を沈めた。男が呻いて、前屈みになる。狙ったのは胃《ストマック》だった。

尾津は白戸に目配せした。二人は勢いよく駆けだした。男が追いかけてくる。尾津たちは路地に逃げ込んだ。

誘いだった。案《あん》の定《じょう》、髪を短く刈り込んだ四十絡みの男が路地に駆け込んできた。

「てめえら、待ちやがれ！」

「二対一じゃ、卑怯だな。おれがタイマン張ってもいいぜ」

尾津は立ち止まった。

「堅気《ネス》のくせに、生意気なことをするじゃねえか」

「おれと殴り合うかい？　なら、連れに手出しはさせないよ。どっからでも、かかってこい」

「てめえら二人をぶっ刺してやらあ」

男が巻き舌で凄み、腰から白鞘《しらさや》ごと短刀を引き抜いた。街灯の光で、相手の動きはよく見える。

「刃渡り六センチ以上のナイフ類は持ち歩いちゃいけないんだぜ」

「てめえ、何を言ってやがる。おれは男稼業を張ってんだ。いちいち法律なんか守ってられるかっ」

「そうかい」

尾津は、やや腰を落とした。

男が匕首《あいくち》を水平に構え、鞘を道端に投げ捨てた。刃渡りは三十センチ近い。刀身のきらめきが不気味だ。

「刃物《ヤッパ》を振り回したら、銃刀法違反だけじゃ済まなくなるぜ。傷害未遂か殺人未遂容疑がプラスされるな」

白戸が言いながら、警察手帳を見せた。

「それ、模造警察手帳だろ? ポリスグッズの店で、最近は精巧なのが売られてるらしいからな」

「本物《モノホン》だよ。よく見ろ」

「マジかよ!?」

男が目を凝らし、短刀を下げた。それから、匕首を暗がりに投げ捨てた。

「両手を前に出すんだっ」

尾津は命じた。

「ちょっと待ってくれよ。竜門会《うち》で派遣したデリヘル嬢が本当に枕探しをしたんだったら、弁償する。だから、しょっ引かないでくれねえか。たいした点数は稼げないよね? なんなら、詫び料込みで五十万払ってもいいよ」

「名前を教えてもらおうか」

「奈良《なら》、奈良昌和《まさかず》だよ」

「いくつなんだ?」

「四十一だよ」

「下っ端じゃなさそうだな。なら、そっちと裏取引してもいいぜ」

「裏取引?」

「そうだ。日本ではアメリカのように犯罪者と司法取引はできないってことになってる。そのことは知ってるな?」

「ああ」

「しかし、何事にも例外はある。そっちが捜査に協力してくれたら、銃刀法違反は見逃してやってもいい」

「何が知りたいの?」

奈良の語調が和《やわ》らいだ。

「内村会長は検察事務官の多田忠彦と親しくしてるな?」

「それは……」

「手錠《ワッパ》打ってもいいいんだなっ」

「わかったよ。多田さんは四年半ぐらい前まで竜門会《うち》の企業舎弟《フロント》のファイナンス会社のブラックリストに載ってたんだ」

「多田はギャンブル資金を借りて、返済を滞らせてた。そうだな？」

「ああ。貸し金を倒されたんじゃ目も当てられねえから、会長は多田さんに取り立《キリトリ》ての仕事をさせたんだよ」

「内村と賭けゴルフをやって負けた中小企業の社長、医者、公認会計士、サッカー選手なんかから集金して、負債を棒引きにしてもらったんだな？」

「そこまでわかってんのか。内村会長は多田さんは使える男だと判断して、裏ビジネスに協力してもらうようになったんだよ。法に引っかからない方法をいろいろ多田さんに考えてもらったんだ。麻薬ビジネスの新しいマネーロンダリングとか、ダミーの責任者の見つけ方とかさ」

「それだけじゃねえんだろうが？」

白戸が口を挟んだ。

「うん、まあな」

「知ってることを何もかも喋らねえと、司法取引はできないよ」

「くそっ！」

「そう出てくるなら、裏取引は中止だ」

「待てよ。ちょっと待ってくれ。多田さんは〝囲《かこ》い屋《や》〟と呼ばれてる貧困ビジネスは、たいして元手がかからないって会長に進言したんだ。それでさ、内村会長は競売で古いアパートや元社員寮を落札した奴らから強引に物件を安く買い取って……」

「路上生活者《ホームレス》やネットカフェを塒《ねぐら》にしてる若者に住まいを与え、生活保護を受けさせてるんだな。それで、家賃、食事代、光熱費といった名目で受給額の九割ぐらい吸い上げてるんだろ？」

「そう。年寄りの娼婦を寮の男たちに斡旋《あっせん》するアイディアを会長に提供したのも、多田さんなんだよ」

「内村は謝礼として、多田にギャンブル資金や遊興費を渡してたんじゃないのか？」

「毎月、百五、六十万は多田さんにやってると思うよ。それから、よく女も宛《あ》てがってるね」

　奈良が言った。

「公務員のくせに、とんでもねえことをしてやがるな」

「そうだな」

「多田みたいな野郎は即刻、懲戒免職にすべきだ」

　白戸が自分のことは棚に上げて、憤《いきどお》ってみせた。尾津は思わず笑いそうになった。

「多田さんは免職になっても、ちゃんと喰っていけるんじゃねえかな。博才はないみたいだけど、商才があるから」

「でも、検察事務官でいれば、犯罪者たちの弱みを知ることができる。多田が捨て身で生きる覚悟ができたら、途方もない銭《ぜに》を脅し取れるだろう」

「そうかもしれないな。けど、多田さんが自分だけ甘い汁を吸いはじめたら、会長は黙っちゃいないよ」

「分け前を寄越せって言いそうか？」

「言うと思うよ。二人は互いの弱みを知ってるわけだから、多田さんは勝手な裏ビジネスなんかできねえさ」

「そうだろうな。それはそうと、多田と内村会長は本部事務所にいるのかい？」

「さあ、どうかな。おれが出たときは、会長が情婦《おんな》にやらせてる『アモーレ』ってクラブに行くようなことを言ってたから……」

「内村の愛人《レコ》の名は？」

尾津は奈良に問いかけた。

「そこまでは教えられねえ。勘弁してくれよ」

「全面的に協力してくれなきゃ、逮捕《パク》ることになるぞ」

「おれの名は、会長と多田さんには絶対に言わないって約束してくれるかい？」

「ああ、約束するよ」

「ママは浅見真央《あさみまお》って名で、三十二だよ。店では、安奈《あんな》って源氏名を使ってるけどさ」

「ついでに、ママの自宅も教えてもらおうか」

「北青山三丁目の借家に住んでるんだ。番地は正確にはわからないけどさ。青山北町アパートの斜め裏にある和風住宅だよ。確か平屋だったな」

「『アモーレ』はどこにあるんだ？」

「近くだよ。田町《たまち》通りの中ほどの飲食店ビルの五階にある」

「それはそうと、多田は内村会長と不適切な関係にあることを職場の誰かに気づかれてるようだと洩《も》らしたりしてなかったか？」

「多田さんがそういうことをおれに言ったことはないよ。けど、会長は竜門会《うち》が〝囲い屋〟をやって荒稼ぎしてることを弱者支援組織のメンバーに知られたかもしれないと言ってたことがあるな」

「それは、いつのことなんだ？」

「もう四年ぐらい前の話だよ。でも、貧困ビジネスの件で竜門会が摘発されたことはないんだ。会長の思い過ごしだったんじゃねえかな」

「東京地検や警察が竜門会の非合法ビジネスを内偵捜査してる様子は？」

「マークされたことはないけど、以前、サングラスをかけた若い女が本部事務所に来て、妙なことを訊いたな」

「どんなことを質問されたんだ？」

「家出した弟が竜門会の世話になってるというメールを送信してきたんだが、それを確認したいという話だったな」

「それで？」

「女の弟という男なんか部屋住みの若い衆をやってなかったし、寮で暮らしてる元ホームレスやネットカフェ難民の中にもいなかったんだ」

「その彼女が訪ねてきたのは、いつごろのことなんだい？」

「それも四年ぐらい前だと思うよ。ずっとサングラスを外さなかったんで、おれ、失礼じゃねえかって文句を言ったんだ」

奈良が答えた。

「そうしたら？」

「なんとかって目の病気で、眩《まぶ》しい光がよくないとか言い訳してたな。本部事務所を訪ねてきたのは一度だけだったんだけどさ、その後、サングラスの女は防犯カメラの録画に二、三度映ってた。もしかしたら、あの女は弱者支援組織のメンバーだったのかもしれねえな」

「要するに、貧困ビジネスに竜門会が関わってるかどうか探りに来たんじゃないかってことだな?」

「そうだったのかもしれねえが、〝囲い屋〟をやってるという証拠は押さえられなかった。それだからさ、本部事務所の周辺をうろつかなくなったんじゃねえか」

「そうなのかな」

尾津は短く応じた。サングラスの女が久住詩織だったとしたら、多田が暴力団と繋がっているかどうか調べていたと考えられる。

多田はそのことを嗅ぎ取って、何らかの方法で実行犯の長谷川を雇ったのだろうか。竜門会から汚れた金を貰っていたようだから、〝中村一郎〟名義で長谷川に殺しの報酬の着手金を振り込むことは可能だろう。

あるいは、多田は窮地に陥ったことを内村に打ち明け、美人検事を始末してもらったのか。内村は手下を殺人者にすることにためらいを覚え、何らかの手で長谷川と接触したのだろうか。

どちらとも、考えられる。尾津は急《せ》いている自分を窘《たしな》め、冷静になった。まだサングラスの女が久住検事だったという確証を得たわけではない。予断は禁物だ。

「多田と内村は『アモーレ』で長く飲むつもりなのかい？」

白戸が奈良に訊《たず》ねた。

「会長が情婦《おんな》の店にずっといたら、客たちが寄りつかなくなるよ。一時間ぐらいで、別の酒場に行くんだろうね」

「その後は？」

「えーと、きょうは水曜日だな。会長は広尾《ひろお》の自宅に戻ると思うよ。月水金は自宅、火木土日は愛人《レコ》の家に泊まってるんだ」

「『アモーレ』のママは、女房公認の情婦なのか？」

「そうだよ。姐《あね》さんはさばけてるんで、愛人がいても平気なんだ。妬《や》いたりしないから、会長は楽だと思うよ」

「そうだな」

「でもさ、女房の目を盗んで浮気をするからスリリングで、情婦《おんな》とベッドで燃えることができるんだと真顔でぼやいてる」

「贅沢なことを言ってやがる」

「ま、そうだよな」

「多田は内村と別れてから、まっすぐ官舎に帰ってるんじゃねえんだろ？」

「入る時間はまちまちだけど、ほぼ毎晩、秘密カジノで遊んでから家《ヤサ》に帰ってるみたいだぜ」

「入り浸《びた》ってるカジノは、どこにあるんだ？」

「そこまで教えなきゃならねえのか。もう勘弁してくれよ」

「往生際が悪い奴だ」

「おい、手錠なんか出さねえでくれ。教える、教えるよ。赤坂六丁目のシリア大使館の並びに『ドムス赤坂』ってマンションがあるんだが、その一二〇一号室が秘密カジノになってるんだ。〝刀剣愛好会〟なんてプレートが掲げてあるが、会員制のカジノだよ。ルーレットテーブルが三台、カードテーブルは七台ある。ディーラーは全員、二十代のマブい女だよ」

「バニーガールみたいな恰好《かっこう》をしてるのか、ディーラーたちは？」

「いや、タキシード姿だよ。けど、出入口は二重になってるし、手入れとわかったときは客とディーラーは秘密通路から非常階段に逃げられる造りになってるんだ。踏み込んでも、無駄だよ」

奈良が言った。白戸が目顔で指示を求めてきた。

「短刀《ドス》を押収してくれ」

尾津は白戸に言った。白戸が道端に寄って、匕首と鞘を摑み上げる。

「その白鞘、兄貴分から譲り受けた物なんだよ。やたら振り回したりしねえからさ、返してくれねえか」

奈良が尾津に言った。

「そうはいかない」

「頼むよ。この通りだ」

「拝んだって、押収品は返せないな」

「仕方ねえか。諦めるよ」

「言うまでもないだろうが、内村や多田に余計なことを喋ったら、そっちを検挙《アゲ》るぞ」

「わかってらあ。きょうは、とんだ厄日《やくび》だったぜ。もういいよな？」

「ああ。行っていいよ」

尾津は顎をしゃくった。奈良がスラックスのポケットに両手を突っ込み、ことさら肩を振って歩きだした。

「虚勢を張らなきゃ、惨《みじ》めすぎるんだろうな」

白戸が言った。

「だろうな。白戸、奈良が言ったサングラスの女が美人検事とは考えられないか？」

「尾津さんも、そう思ったか。実はおれ、久住詩織が竜門会に探りを入れたんじゃないかと直感したんだ。おれたちの直感通りだとしたら、多田か内村が第三者を介して長谷川宏司を雇ったんだと思うよ」

「そう筋も読めるんだが、まだ根拠といえるものがないんだ。『アモーレ』というクラブに回ってみよう」

尾津は白戸と肩を並べて表通りに向かった。

第三章　不審な検察事務官

1

見通しは悪くない。

飲食店ビルのエントランスがよく見える。五階の『アモーレ』で、多田と竜門会の内村会長が飲んでいることは偽電話で確認済みだった。

尾津は竜門会の構成員に化けて、私物のモバイルフォンで店に電話をかけたのだ。

スカイラインは、田町通りの暗がりに寄せてあった。すでに午後十時過ぎだ。多田たち二人は腰を据《す》えて飲む気でいるのか。

「多田は今夜、赤坂六丁目にある秘密カジノには顔を出さないのかもしれないね」

運転席で、白戸が呟くように言った。

「まだわからないぜ」

「多田が『ドムス赤坂』の一二〇一号室に入ったら、おれ、部屋のインターフォンを鳴らすよ。それでさ、本庁《うち》の組対の者になりすます」

「おれは、非常階段の昇降口の近くに身を潜める。そういう段取りでいこうってわけだな」

「そう。見逃してやった奈良の話は嘘じゃないと思うんだよ。待ってれば、焦った客やディーラーが非常階段を下《くだ》ってくるはずだ」

「だろうな」

「多田を取っ捕まえて、追い込もうよ。美人検事殺しに関わってる疑いが濃くなったんだからさ。ばっくれたら、非合法ビジネスのアイディアを竜門会の会長に提供したことだけでも職を失うことになるんだぞって言ってやろうよ」

「そうするか」

　尾津は同意した。

　数秒後、上着の内ポケットで携帯電話が着信音を発した。すぐにモバイルフォンを摑み出す。発信者は能塚だった。

「瀬下健人と小高貴久を厳しく取り調べたんだが、二人は今事案にはタッチしてないな。

まだ幹部じゃないんで、内村会長と多田の密謀は本当に知らないんだろう」

「そうなんでしょうね」

「瀬下は銃刀法違反、小高は暴行及び公務執行妨害で地検に送致することになるな」

「わかりました」

「それからな、本家の専従班が新情報を摑んでくれたよ。被害者の久住詩織は、職場の人間や友人たちにも内緒で社会的弱者を支援するボランティア活動を五年ほど前から……」

「具体的には、どんなことをしてたんです？」

尾津は問いかけた。

「仕事や住まいを失った人たちに炊き出しをしたり、そうした彼らを喰いものにしてる悪質な手配師や暴力団を個人的に調べてたらしいんだ。ホームレスや失業者に塒を与えて、生活保護を受けさせ、受給された金をあらかた吸い上げてる〝囲い屋〟がいるよな？」

「ええ、その種の貧困ビジネスであこぎに稼いでる暴力団が増えてますね」

「事件がなかなか解決しないんで、ボランティア仲間が匿名で久住詩織が弱者たちの支援活動に携わってたことを教えてくれたというんだ。美人検事は周囲の者にボランティア活動のことを知られたくなかったんだろう。スタンドプレイと思われたくなかったんで、ずっと内緒にしてたにちがいない。若いながらも、あっぱれじゃないか。ヒューマニストぶったり、善人ぶってボランティア活動をする連中がいるけど、そういうパフォーマンスはインチキ臭い。偽善的だな。他者を思い遣《や》るときは、さりげなさが必要だよ。これ見よがしの善行はいただけない」

「能塚さん、いい話を遮《さえぎ》るようですが、喋ってもいいですか?」

「すまん! つい長広舌《ちょうこうぜつ》をふるってしまった。尾津、何だ?」

「いまの話を聞いて、検察事務官の多田に対する疑惑が一段と濃くなりましたよ」

「説明してくれ」

能塚が促す。尾津は以前、正体不明の若い女性が弟を捜していると称して竜門会の本部事務所を訪ねていたことを話した。

「サングラスをかけてた女は、殺された久住詩織だろうな。美人検事はボランティア活動をしてて、竜門会も〝囲い屋〟として荒稼ぎしてることを知った。それだけではなく、内村会長にホームレスやネットカフェ難民を喰いものにすることを勧めたのは仕事でコンビを組んでる多田忠彦とわかった」

「ええ、そうなんでしょう。正義感の強い詩織は多田を詰《なじ》った。多田は保身のため、誰かを介して実行犯の長谷川を紹介してもらったんじゃないのかな」

「ああ、おそらくな。そして、〝中村一郎〟の名で殺しの着手金と思われる二百万円を長谷川の銀行口座に振り込んだんだろう」

「そうじゃないとしたら、多田に相談された竜門会の会長が第三者を介して長谷川に美人検事殺しの依頼をしたと思われます」

「尾津、ストーリーが繋がったじゃないか。多田か内村のどちらかが、長谷川に久住詩織を殺《や》らせたんだよ。先に多田に任意同行《ニンドウ》を求めるか」

「室長、せっかちにならないでください。もう少し慎重にならないと……」

「おれは昔、誤認逮捕をしてしまったが、長谷川の背後にいるのは多田か内村のどっちかだ。ああ、間違いないよ。おれは三十五年以上も強行犯捜査をやってきたんだ。DNA型鑑定を頼りにする傾向が強まって毎年、二十六、七万件行われてる」

「そうですね。二〇〇六年から自動分析装置を使って十五カ所を観察ポイントにするようになると、精度は約四兆七千億分の一まで上がったはずです」

「新鑑定法の導入は、大きな前進だと思うよ。でもな、入力ミスがあることは隠しようのない事実だ」

「ええ。ことにデータベースへの登録ミスが目立ちます」

「人間は全知全能の神じゃない。人為的なミスは避けられないだろう。だからさ、機械が弾き出した資料を鵜呑みにしちゃ駄目なんだ。ベテラン捜査員の直感や経験則を大事にすべきなんだよ」

「能塚さんの考えを否定する気はありませんが、まだ時期尚早でしょ？　どっちが長谷川の雇い主だったとしても、もう少し追い込む材料を集めないとな」

「わかった。引きつづき多田と内村をマークしてくれ」

能塚が電話を切った。

尾津はモバイルフォンを折り畳み、白戸に通話内容を伝えた。口を結ぶと、白戸が声を弾ませた。

「美人検事が密かに弱者支援のボランティア活動をやってたんなら、サングラスの女は久住詩織に間違いないね。尾津さん、主犯は多田か内村のどちらかだな」

「そう筋を読んだんだが、まだ確証は得てないんだ」

「そうだね」

「勇み足を踏んだら、能塚さんは停年まで室長ではいられなくなるだろう。退官まで分室を仕切ってもらわないと、寂しくなるじゃないか」

「室長が代わったら、おれ、やる気を失っちゃうと思うよ。能塚さんは生き方が無器用だけど、刑事《デカ》魂は失ってない。頑固なおっさんだけど、見習う点がある」

「白戸の言った通りだな」

「勝又主任は少し頼りないけど、本気で能力を発揮すれば、心強い存在になるんじゃない？　そのうち、アイドルユニットに飽きるでしょ？」

「それはなんとも言えないが、いまのメンバーでバランスは取れてると思うよ。四人の誰かが欠けたら、チームワークは乱れそうだ」

「ここは慎重にいきますか」

「そうすべきだろう」

尾津は口を閉じた。煙草を喫《す》いながら、時間を遣り過ごす。

二人のホステスに見送られて多田が飲食店ビルから出てきたのは、十時二十分ごろだった。内村はもう少し愛人とグラスを重ねる気らしい。

多田はホステスたちに手を振ると、外堀通りに向かった。白戸がスカイラインを走らせ、断続的にガードレールに寄せる。多田に尾行を覚《さと》られないためだった。

秘密カジノまで歩くのは面倒になったのだろうか。それとも、六本木《ろっぽんぎ》か銀座《ぎんざ》で飲む気になったのか。

やがて、多田はタクシーを拾った。尾津たちはタクシーを追尾しはじめた。

タクシーは首都高速四号線をたどって、中央自動車道の下り線に入った。

「多田はどこに行くつもりなんだろうな」

白戸が運転しながら、首を捻った。

「もしかしたら、郊外に新しい違法カジノができたのかもしれないな」

「あるいは、内村に提供された女のひとりが気に入って愛人《レコ》にしたんじゃないの？　竜門会のダーティー・ビジネスに知恵を授けて、それなりの謝礼を貰ってる。その気になれば、情婦《おんな》の面倒を見ることは可能でしょ？」

「そうだが、賭け事の好きな男は……」

「女よりもギャンブルかな？」

「そうなんじゃないか。サラ金や街金から金を借りまくってた男だから、愛人の手当なんか出す気にならないだろう」

「そうかもしれないね。国立《くにたち》あたりに新しい秘密カジノができたんだろうか」

「多分、そうなんだろう」

会話が途切れた。白戸は、多田を乗せたタクシーを追いつづけた。

タクシーは八王子ＩＣで一般道に下りた。

「尾津さん、多田は長谷川の入院先に行く気なんじゃないの？」

「そうだとしたら、多田は七階の病室に忍び込んで、長谷川の息の根を止めるつもりなんだろうか。しかし、相部屋だ。同室の入院患者に怪しまれるだろう」

「そうだね。たまたま八王子に来ただけなのかもしれないな」

「いや、進んでるルートの先には『悠仁会医療センター』がある」

「ということは、やっぱり多田は長谷川の口を永久に塞《ふさ》ぐ気になったんじゃないのかな」

「しかし、事件から三年四カ月も経ってるんだぞ。長谷川が意識を取り戻すかもしれないと思ってたんだったら、とうに抹殺してそうだがな」

「確かに、そうだね。多田は長谷川に第三者を介して女検事殺しを依頼したものの、予想外の展開になったんで、長谷川に同情する気持ちになったのかな」

「だとしたら、多田はどうする気でいると思う？」

　尾津は訊いた。

「病床にそっと見舞い金を置いて帰るつもりなんじゃないのかな。残りの成功報酬を払ってないんで、それぐらいのことはしないとと……」

「他人《ひと》に人殺しを依頼する奴がそんな殊勝な気持ちになるとは思えないな」

「そうか、そうだろうね」

　白戸が黙った。

　タクシーは尾津が予想した通り、『悠仁会医療センター』の前で停まった。白戸が三十メートルほど後方の路肩にスカイラインを寄せた。

多田がタクシーを降りる。タクシーが走り去った。

多田は病院を仰《あお》いでから、駐車場に足を踏み入れた。院内に忍び込み、長谷川の病室に向かうのか。

「行こう」

尾津は白戸の肩を叩き、先にスカイラインから出た。白戸も静かに車を降りる。

二人は大股で進み、『悠仁会医療センター』の敷地に入った。道路側は駐車場になっていた。割に広いが、数台しか駐《と》められていない。

なぜか多田は、暗がりを透かして見ている。侵入できそうな所を探しているのか。

多田が踵《きびす》を返した。

尾津たちは駐車中のワンボックスカーの陰に屈《かが》んだ。そのまま、多田の様子をうかがう。多田は腕時計を顔に近づけ、小首を傾《かし》げた。病院の前で誰かと待ち合わせているのか。

「多田は殺し屋《プロ》に長谷川を始末させる気になったのかもしれないな。それで、犯行前に着手金を手渡すことになったんじゃないの？」

白戸が小声で言った。

「いや、そうじゃないだろう。くどいようだが、長谷川の口を封じたいんだったら、事件直後に実行してるさ」

「やっぱり、そうか。うん、そうだろうな。でも、多田は誰かを待ってる感じだよ。そう見えるでしょ？」

「ああ。しかし、殺し屋を待ってるんじゃないだろう」

「おれ、なんかもどかしくなってきたよ。直《じか》に多田を揺さぶってみない？」

「もう少し待とう。それでも誰も現われなかったら、多田に声をかけてみようや」

尾津は提案した。白戸が黙ってうなずく。

十分が経ち、さらに十五分が経過した。しかし、多田に近づく人影は目に留《と》まらなかった。

多田が、駐車場の通路を歩きはじめた。

尾津たち二人は横に移動して、多田の行く手に立ち塞がった。

「あっ、おたくたちは⁉」

「赤坂からタクシーを飛ばして『悠仁会医療センター』に来たのは、なぜなんです？」

尾津は穏やかに問いかけた。

「わたしをどこから尾けてたんだ？」

「竜門会の、内村会長と一緒に赤坂の『アモーレ』というクラブで飲んでましたね。その店のママは、内村の情婦《おんな》なんでしょ？　源氏名は安奈だが、本名は浅見真央だ。ずいぶん内村とは親しいようですね？」

「何が言いたいのかな？」

「あなたは竜門会の息のかかったファイナンス会社からギャンブル資金を借りて、利払いもできなくなった。返す当てがないんで、多田さんは内村に手を貸すことになったんでしょ？」

「いったい何の話なのかな？」

「内村は中小企業の社長、医者、公認会計士、サッカー選手なんかをカモにして、賭けゴルフをやってた。やくざが金を取り立てたら、どうしても目立つ。内村はそう考えて、多田さんに集金させたんでしょう。あなたは借りた金を棒引きにしてもらう条件で、負け金を集めた」

「内村さんは、ただの飲み友達だ。会長に何かを頼まれたことなんかありませんよ。疚しいことなんかしていないぞ、わたしは」

多田が声を尖《とが》らせた。白戸が多田の胸倉《むなぐら》を掴みそうになった。

尾津は制止し、多田を見据えた。

「知らないふりをしても、意味ありませんよ。あなたは内村に気に入られて、クラブで接待されるようになった。その見返りかどうか知らないが、非合法ビジネスに関するアイディアを提供するようになった。貧困ビジネスは手っ取り早く儲けられると教えたんで、竜門会は〝囲い屋〟になった」

「何なんだね、それは？」

「あくまでシラを切るつもりか。ま、いいでしょう。あえて説明します。路上生活者やネットカフェ難民に住む所を与えて、彼らに生活保護の申請をさせ、受給額のほとんどをもっともらしい名目で吸い上げてる。そうした連中の不平や不満を抑える目的で、年配の売春婦を安く紹介してもいますよね？」

「内村さんは堅気じゃないわけだから、いろいろな裏ビジネスをしてるだろうね。しかし、わたしは公務員なんだ。危ないことなんかするわけないでしょ！」

「粘るな。あなたは内村と黒い関係にあることを女検事に知られてしまった。社会的弱者の支援活動をボランティアでやってた久住検事は相棒の検察事務官が貧困ビジネスに無縁ではないと知ったとき、人間不信に陥ったんじゃないだろうか」

「推測や臆測《おくそく》だけで他人《ひと》を被疑者のように扱うのは、人権問題だな。相手が警視庁の現職刑事でも、場合によっては告訴するぞ」

「どうぞご自由に！　困ることになるのは、多田さんのほうでしょ？　それはそうと、あなたはコンビを組んでた美人検事に暴力団との繋がりを知られてしまった。焦っただろうな」

「事実でない話には、答えようがないね」

「これまでの捜査で、あなたと長谷川には接点がないことはわかってる。だからといって、女検事殺しに絡んでないとは言い切れない。第三者を介せば、刺殺犯の長谷川に殺人を依頼することも可能ですからね」

「ばかなことを言うなよ。あり得ないことだ」

多田が高く笑った。

「まるで身に覚えはありませんか?」

「もちろん、覚えなんかない。わたしは年下の久住検事を尊敬してたし、信頼し合ってもいたんだ。そんな相手を誰かに殺させるはずないじゃないか。事件は、長谷川による衝動殺人だよ。深読みしたって、別の真相が浮かび上がってくるもんか」

「あなたには、犯行動機がある。暴力団との癒着を久住検事に知られてしまった節があります。そのことを表沙汰にされたら、多田さんは身の破滅です。そうでしょう?」

「わたしを罪人呼ばわりすると、本当に告訴も辞さないぞ」

「あんた、この病院に長谷川宏司が入院中だってことを知ってたんだろ?」

白戸がぞんざいに訊いた。

「年上の者にそういう口の利き方はないだろうが！　無礼じゃないかっ」

「うるせえ。あんたは殺し屋か誰かと病院前で待ち合わせて、そいつに長谷川を殺《や》らせる気だったんじゃねえのか」

「わたしは一、二度関係を持ったことのある人妻ホステスの旦那に呼び出されて、ここに来ただけだ」

「苦しい言い逃れだな」

「嘘じゃないっ。美人局《つつもたせ》に引っかかったのかどうか相手に会って、善後策を練ろうと思ったんだよ。けど、人妻ホステスの夫はなかなか現われなかった。ただの厭《いや》がらせだったんだろう。それで表通りでタクシーを捕まえて、家に帰る気になったんだ。もう尾《つ》けたりしないでくれ」

多田は言うなり、勢いよく走りだした。

白戸が多田を追おうとする。尾津は白戸の片腕を摑んだ。

「何も令状がないんだから、いまは多田を拘束できない。追っても、虚しい思いをするだけさ」

「そうなんだけど、多田はやっぱり怪しいよ。手をつけた人妻ホステスの夫に夜更けに病院の前に呼び出されたなんてさ、いかにも作り話っぽいでしょ？」

「ああ、そうだな。多田がとっさに思いついた嘘を口にしたんじゃなければ、誰かが彼を陥れようと偽電話で『悠仁会医療センター』の前に呼び出したんだろう」

「どういうことなの？　尾津さん、わかりやすく説明してよ」

白戸が言った。

「わかった。多田が深夜にこの病院に接近したら、どう思う？」

「長谷川の病室に忍び込んで、実行犯を永久に眠らせるつもりなんじゃないかって疑いたくなるね」

「そうだよな。多田をもっともらしく電話で呼び出した奴が実際にいたんだったら、そいつこそ長谷川の雇い主なんじゃないのか？」

「あっ、そうか。その野郎は多田がおれたちにマークされてることを知って、疑惑が深まるよう小細工を弄《ろう》したんだな」

「そうなんだろう。もしかしたら、おれたちはそいつにずっと動きを探られてたのかもしれないな」

「まさか警察関係者に尾けられてたんじゃないだろうね。尾行者の影には、まったく気づかなかったけどさ」

「誰に尾けられてたかはわからないが、多田をクロと思い込むのはよそう」

「尾津さん、内村会長が間接的に長谷川と接触して、久住詩織を始末させたんじゃないの？　そしてさ、多田が殺しの依頼人に見せかける目的で舎弟の誰かに偽電話をかけさせたのかもしれないよ。明日は、竜門会の会長に張りついてみない？」

「そうしよう。引き揚げるぞ」

尾津は白戸に言って、先に足を踏みだした。

2

レンズの倍率を最大にする。

三番ホールがぐっと迫ってきた。静岡県御殿場《ごてんば》市の外れにある有名なゴルフ場だ。

尾津は、ドイツ製の双眼鏡を目に当てていた。

コース脇の林の中だ。多田を尾行した翌日の昼下がりである。

グリーンでは、竜門会の内村会長が三人の中高年男性とプレイ中だ。賭けゴルフに誘い込まれた男たちは、それぞれ恰幅《かっぷく》がよかった。社会的に成功した者たちだろう。

白戸は、尾津の近くにいなかった。ゴルフ雑誌の編集者を装い、クラブハウスで会員たちから情報を収集しているはずだ。

内村がティーに視線を落とし、クラブを振った。スイングの切れは悪くない。ボールは伸びた。

次に五十代半《なか》ばの男が慎重にコースを眺めてから、ゴルフボールを叩いた。ほんの一瞬だけ顔をしかめた。誰かが鏡でプレイヤーの顔面を照らしたのか。そう感じるような目の細め方だった。しかし、光は見えなかった。

男が肩を落とす。距離が伸びなかったからだろう。首を捻りながら、クラブをキャディーに渡す。

残りの二人の男も、スイング時にわずかに目を細めた。どちらも飛距離は稼げなかった。

内村たちは四番ホールに向かった。

尾津は双眼鏡を左右に振った。近くに妙な細工をした人物が潜んでいる気がしたが、誰もいなかった。

尾津はコースに沿いながら、横に移動しはじめた。

四番ホールに達しかけたとき、背後で足音が響いた。振り向く。白戸が近づいてくる。

尾津は先に口を開いた。

「内村と一緒にプレイしてる三人は？」

「美容整形外科医、鉄工所社長、食肉卸し問屋の二代目社長だったよ。氏名、年齢、現住所もわかった。三人とも都内の高級住宅街に住んで、別荘も所有してるってさ」

「ゴルフ歴は？」

「三人とも、レッスンプロ並らしい。だから、賭けゴルフに誘われても臆《おく》することはなかったんだろうな」

「賭けのシステムについても、クラブ会員たちから聞き出せたのか？」

「誰も最初は警戒してたけどさ、ゴルフ専門誌で取材してやるって持ちかけたら、口が軽くなった奴がいたんだ。そいつは首都圏にヘアサロンを三十六店舗も出してるらしいんだけど、おれの体にタッチするんだよね」

「ゲイなんじゃないのか」

「そんな感じだったな。おれがノンケだってことは見抜いたはずだけど、ちょっとからかってみたくなったんだろうね」

「白戸、話が脱線しかけてるぞ」

「おっと、いけねえ！　賭け金は一律に五百万だってさ。内村が声をかけてるのは、ゴルフ歴が自分とあまり変わらない会員だけらしい」

「それで?」

「優勝したら、一緒にコースを回った連中から五百万円ずつ貰えるらしい。内村は誘った相手に一、二回は必ず優勝させて、賭けゴルフにのめり込ませてるそうだよ」

「海老で鯛を釣ってるんだな」

「そういうことだろうね。優勝者を自在に決めることできるのは、何か細工をしてるにちがいないよ。内村はプレイ仲間の飲みものに睡眠導入剤か何か混ぜて、運動神経を鈍らせてるんじゃないの? で、自分が優勝するように仕組んでるんだと思うよ」

白戸が言った。

「いや、そうじゃないんだろう」

「尾津さん、何か思い当たることでもあるわけ?」

「ちょっとな」

尾津は、少し前に見たことを話した。

「内村は手下に鏡の反射光をプレイヤーたちに当てさせてるんじゃないの?」

「おれも最初、そう思ったんだよ。しかし、三人の男が顔に反射光を向けられた様子はなかったんだ」

「そうなのか。どんな手を使って、内村は賭けゴルフのカモたちのスイングを鈍らせてるのかな」

「スカイラインは外周路に駐めてきたんだろ？」

「うん、そう」

「おまえは外周路をゆっくり進んで、十五番ホールに向かってくれないか。気になる人影や車輛を見かけたら、マークしつづけてくれ」

「了解！　尾津さんはコース際を歩いて、グリーンの動きを見るんだね？」

「そうだ。白戸、頼んだぞ」

「合点だ」

白戸が道化《どうけ》て、足早に遠ざかった。

尾津は四番ホールに接近し、双眼鏡を覗き込んだ。何事も起こらなかった。内村たち四人は、ごく自然にクラブを振った。

五番ホールも同じだった。

異変があったのは六番ホールだ。内村以外の三人は、またスイングが乱れた。ひとりはクラブを振り切ってから、コース横の林に目をやった。ほんの一瞬だったが、間違いない。

尾津は中腰になって、樹木を見上げた。

すると、数十メートル先の巨木の太い枝に黒っぽい衣服をまとった男が乗っていた。ベルトの下に、筒状の物を差し込んでいる。

尾津はしゃがみ込み、灌木《かんぼく》の中に隠れた。息を殺す。

不審な男が太い樹幹に両腕を回し、滑り降りはじめた。尾津は繁みの中をそっと進んだ。怪しい男が地上に達した。後ろ向きだった。

尾津は素早く男に組みついた。利き腕を相手の首に回し、一気に喉を圧迫する。チョーク・スリーパーと呼ばれている絞め技だ。相手が呆気《あっけ》なく気絶した。引き倒して仰向けにさせ、ベルトの下から筒状の物を引き抜く。

アメリカ製の光線銃だった。スイッチボタンを押すと、細いレーザービームが放たれた。照準器付きだった。

尾津は、気を失った二十代後半の男の所持品を検《しら》べた。コマンドナイフを持っていたが、拳銃は携行していなかった。

運転免許証で、身許は判明した。神弘武《じんひろたけ》という名で、二十八歳だった。財布のほかにレンタカーの鍵《キー》を持っていた。

神《じん》は、おそらく竜門会の構成員だろう。光線銃のビームで、内村以外の三人のプレイヤーの目を眩《くら》ませたようだ。ビームの光点は、ごく小さい。鉛筆の芯《しん》の先ほどの大きさだった。

鏡の反射光とは違って、まず標的に気づかれることはないだろう。内村が光線銃を使うことを思いついたのか、それとも多田のアイディアだったのだろうか。

尾津は官給携帯電話を使って、白戸を呼び寄せた。不審者を生け捕りにしたことを告げただけで、詳しくは喋らなかった。

白戸が尾津の許《もと》に駆け寄ってきたのは、十数分後だった。

「尾津さんが持ってるのは、光線銃なんじゃないの？」

「そうなんだろう。子供の玩具《おもちゃ》なんかじゃなく、兵器としてアメリカで開発された目潰し用レーザービーム銃だと思うよ。気を失ってる男は神《じん》という名だ。多分、竜門会の者だろうな」

尾津は光線銃を白戸に預け、神《じん》の上体を引き起こした。膝頭で背を打つと、神《じん》が我《われ》に返った。

尾津は神《じん》を羽交いじめにしてから、口を切った。

「竜門会の者《もん》だな」

「てめえらは誰なんだよ？」

「訊かれたことに素直に答えないと、また眠らせるぞ。気絶したら、両腕と顎の関節を外す。ついでに、股関節もずらしちまうか。そのまま放置したら、おまえは死ぬだろう」

「本気かよ⁉」

「もちろんだ」

「くそっ」

「粋《いき》がってんじゃねえ」

白戸が言いざま、神《じん》の脇腹を蹴った。神《じん》が野太《のぶと》く唸る。

「まだ虚勢を張るつもりか？」

尾津は確かめた。

「まいったよ。竜門会に足《ゲソ》つけてらあ」

「アメリカ製の光線銃で、賭けゴルフのカモたちの目を眩ませてたな」

「それは……」

「はっきり答えろ！」

「あんたら、何者なんだよ？」

「話を逸《そ》らすなっ」

「でも、気になるじゃねえか」

神《じん》が言い訳した。尾津は膝蹴りを見舞った。一度ではない。連続して二度だった。神《じん》がむせ、咳込む。

「おれは、あまり気が長くないんだ」

「そうだよ。内村会長に言われて、五年ぐらい前から……」

「光線銃を使えって内村に指示されたのか?」

「ああ」

「内村は、検察事務官の多田忠彦に賭けゴルフに負けた連中から金を取り立ててたな?」

「そうみたいだな。多田さんは竜門会《うち》がやってる金融会社からギャンブル資金を借りてたんだが、利払いもできなくなったんで取り立ての仕事をさせたんだよ」

「それで、多田は借金を棒引きしてもらったわけだ?」

「兄貴たちの話だと、そうだってさ。それから多田さんは会長においしい銭儲けの方法を教えてやったとかで、謝礼を貰うようになったみてえだな」

「内村は息のかかったクラブやキャバクラのホステスを多田のセックスペットとして提供してたんだよな、時々さ」

「そうなんだってな」

「多田は人妻ホステスを口説いて、その旦那に威《おど》されてたことがあるんじゃないのか?」

「その話は知らねえな。多田さんは女も嫌いじゃないみたいだけど、賭け事に目がないんだ。旦那のいるホステスを狙ったりしないと思うがな」

神《じん》が訝しんだ。前夜、多田が口にしたことは作り話だったのか。

そうなら、『悠仁会医療センター』の前で長谷川を葬ってくれる殺し屋を待っていたのかもしれない。ただ、いまごろになって美人検事殺しの実行犯を始末する気になることが解《げ》せない。それが謎だった。

「三年四ヵ月前に多田とコンビを組んでた女検事が帰宅途中に刺し殺されたんだが、そのことを知ってるか？」

白戸が神《じん》に訊《き》いた。

「よくは知らないけど、兄貴分に聞いた覚えがあるよ。マブい女だったらしいな。その女がどうかしたのか？」

「女検事は、多田が内村と黒い交際をしてることを知ってたようなんだ。竜門会が〝囲い屋〟でホームレス、ネットカフェ難民、失業者たちを喰いものにするようになったのは多田の入れ知恵だよな？」

「そうだったみたいだね」

「殺された女検事はそのことも嗅ぎ当てたようなんだ。つまり、多田と内村は女検事に危《ヤバ》いことを知られてしまったわけだよ」

「だから、なんだっての？」

「てめえ、頭《ペテン》が悪いな」

「なんだと⁉」

神《じん》が吼《ほ》えて、白戸の足許に唾《つば》を飛ばした。

白戸が眉根を寄せ、神《じん》の腹に靴の先をめり込ませた。神《じん》が前屈みになった。尾津は少し力を緩《ゆる》めてやった。

「久住詩織という女検事は通り魔殺人の被害者のようにマスコミでは報じられたが、それは仕組まれた犯罪臭《ヤマくせ》えんだよ」

「確か犯人は逃げる途中で崖から転落して、意識不明のままなんじゃねえの？」

「そうだ。そいつを雇ったのは、多田か内村かもしれねえんだよ。どっちも、女検事に貧困ビジネスのことを知られてたから。二人とも実行犯とは接点がないんだが、第三者を介して加害者を雇ったとも疑えるってわけだ」

「あんたら、刑事《デカ》なんじゃねえのか」

「こんなに荒っぽい刑事がいたら、とっくに免職になってるだろうが？」

尾津は白戸が口を開く前に羽交いじめを解き、神《じん》の前に回り込んだ。

「それも、そうだな」

「おれたちは、どんな組織にも属してない恐喝屋だよ」

「半グレの連中が近頃はのさばりはじめてるけど、内村会長を強請っても銭なんか毟《むし》れっこないぜ。あんたら、逆に死体《ロク》にされちまうぜ。多田さんは会長の知恵袋だから、やっぱり恐喝《カツアゲ》なんかできねえな」

「そうかい。じゃあ、おれたちの正体を明かすか」

「どういうことなんだよ。恐喝屋じゃねえのか、本当はさ」

神《じん》が不安そうな顔つきになった。尾津は屈み、警察手帳を神《じん》に突きつけた。

「おれを騙《だま》しやがったのか」

「おまえがやったことは、れっきとした犯罪だ。留置場にぶち込まれたくなかったら、おれたちに全面的に協力するんだな」

「ス、スパイになれってことかよ⁉」

「そういうことだ。内村の行動を探って、おれに報告しろ」

「で、できねえよ。そんなことしたら、おれは兄貴分たちに生コンで固められて、海か湖の底に沈められちまう」

「なら、緊急逮捕だな」

「えっ」

「所轄と違って、本庁の取り調べは厳しいぞ。おまえが竜門会の裏ビジネスのことをすべて吐くまで、取調室から出してもらえないだろう。覚醒剤《シャブ》や銃器の隠し場所はもちろん、企業舎弟のマネーロンダリングについても吐かされるな」

「おれはまだ若いから、組織のことはそんなによく教えてもらってないんだ」

「そんな話は通用しない。おまえは不起訴処分になったとしても、竜門会の連中に裏切者と見られ、消されることになるだろうな」

「おれ、まだ死にたくねえよ。三十にもなってねえんだぜ。マブい女たちとナニしてえし、ロールスロイスを乗り回すことが夢なんだ。それぐらいの幹部にならなきゃ、やくざになった意味がねえもん」

「大幹部になりたいんだったら、警察に協力するんだな。おれたちは未解決事件を早く落着させたいんだよ」

「女検事殺しの犯人の黒幕が内村会長か多田さんか、早くはっきりさせたいわけか？」

神《じん》が確かめた。

「そうだ。内村と多田がつるんでダーティー・ビジネスに励んでることなんか、実はどうでもいいんだよ。おれたちは殺人捜査《ワッパ》が担当だからな」

「あんたらに協力すれば、おれは手錠を打たれなくても済むわけか」

「そうだよ。それから、おまえが警察に協力したことは絶対に竜門会の連中にはわからないようにしてやろう」

「本当にそうしてもらえるんだな？」

「ああ」

「わかった。あんたらに協力すらぁ」

「なら、まず携帯のナンバーを教えてもらおうか」

尾津は懐からモバイルフォンを取り出した。

神《じん》がゆっくりとナンバーを告げる。尾津は数字キーを押した。神《じん》は上着のポケットから携帯電話を摑み出し、耳に当てた。

「もしもし……」

「おれだよ。こっちのナンバーを登録してもいいが、組織の者には覚《さと》られないようにするんだな」

尾津は電話を切った。神《じん》が携帯電話を所定のポケットに戻す。

「女検事をダガーナイフで刺し殺したのは、長谷川宏司って名前だ。組織のメンバーに長谷川と面識がある奴がいるかどうか、さりげなく探《さぐ》り出してくれ」

「わかったよ」

「内村が『アモーレ』のママを愛人《レコ》にしてることはわかってる。浅見真央のことは知ってるな?」

「よく知ってるよ。おれ、会長の使いで真央さんの北青山の自宅に到来物《とうらいもの》をよく届けに行ってるんだ」

「その若さで、到来物という言葉をよく知ってるな」

「死んだ祖母《ばあ》ちゃんがよく到来物と言ってたんで、おれ、ガキのころに意味を教えてもらったんだよ。それで、知ってんだ」

「そうか」

「おれ、もう解放してもらえるんだよね? 会長とプレイしてる三人にレーザービームを照射しないと……」

「内村が優勝できなくなったら、おまえは会長に近寄れなくなるかもしれないな。いいよ、行っても」

尾津は言った。神《じん》が立ち上がる。

白戸が光線銃を返した。神《じん》がレーザービーム銃を受け取り、六番ホールに向かって走りだした。

「ひとまず東京に戻ろう」

尾津は白戸に言い、外周路に足を向けた。

3

思わず机上を拳《こぶし》で撲《う》ってしまった。

尾津はチームのメンバーに目顔で詫びた。御殿場から東京に戻ると、彼は能塚室長に賭けゴルフのカモにされた男たちに被害届を出させようと提案した。

能塚は同意してくれた。メンバーは過去五年間に一緒にゴルフをした相手を手分けして見つけ出した。ゴルフ場の多くは、捜査に協力的だった。分室の四人は、賭けゴルフで負けた中小企業社長、医師、公認会計士らに電話をかけはじめた。

だが、尾津が電話をした相手は竜門会の内村会長とコースを回ったことは認めたが、賭けゴルフをした事実はないと答えた。さきほど電話をかけたのは、リストに載っていた最後の人物だった。

尾津は煙草に火を点けた。

能塚、勝又、白戸の三人は電話中だった。まだ誰も賭けゴルフに参加したことは認めていない。被害届を出す者がいなければ、内村と多田を別件で逮捕することは不可能だ。

白戸が通話を切り上げて、溜息をついた。

「おまえのリストに載ってた連中も、賭けゴルフをした覚えはないと言ったんだな？」

尾津は、自席についている白戸に確かめた。

「そうなんだ。どいつも賭博法に触れるのを恐れてるというより、内村の仕返しが怕《こわ》いんだと思うよ」

「だろうな」

「別件で内村と多田を引っ張るのは難しそうだね」

白戸も紫煙をくゆらせはじめた。

そのとき、勝又主任がモバイルフォンを折り畳んだ。

「ぼくも徒労に終わったよ」

「そうみたいですね」

尾津は応じた。

「どの相手も明らかに狼狽してたから、賭けゴルフをやったことは間違いないよ。それで、負けた金を回収に訪れた多田に現金で渡したんだろう」

「ええ、そうなんでしょう。神《じん》が放った光線銃のビームに眩惑《げんわく》されて、ボールの飛距離を普段通りに稼げなかった。そんなことで、好成績を出せなかったんで、内村に高額の負け金を払う羽目になってしまったにちがいありません」

「尾津君、神《じん》を連行したほうがよかったんじゃないか？」

「そのことを考えなかったわけじゃないんですよ。しかし、神《じん》は竜門会の構成員です。送致する段階になったら、光線銃のビームで会長以外のプレイヤーのスイングを狂わせたという自供を翻すのではないかと考えたんですよ」

「多分、そうするだろうね。やっぱり、神《じん》も泳がせたほうがよかったのかもしれないな」

「その判断がよかったのかどうか、まだわかりませんが……」

「おれも収穫なしだよ」

能塚室長が携帯電話を机の上に置き、誰にともなく言った。最初に口を開いたのは、白戸だった。

「神《じん》は地検送りにされることを厭《いや》がってたから、竜門会の連中に覚られないようにして警察に協力してくれると思うな。ね、尾津さん？」

「それを期待してるんだが、どうなるか」

「尾津、神《じん》って構成員に電話をしてみてくれ。間もなく午後七時になる。東京に戻ったはずの内村の動きが気になるんだ。内村は、多田からおれたちのことを聞いてるにちがいない」

能塚が言った。尾津はすぐさま神《じん》弘武の携帯電話を鳴らした。

スリーコールで、電話は繋がった。

「いま、本部事務所にいるんだ。いったん電話を切って、すぐにコールバックするよ」

「そうしてくれ」

尾津は通話を打ち切った。数分待つと、神《じん》から電話がかかってきた。

「あんたに電話しようと思ってたんだ。女検事を刺し殺した長谷川宏司と面識のある元構成員がいたんだよ」

「本当だな？」

「ああ、おれの直系の兄貴分じゃなかったんで、顔と名前を知ってる程度なんだ。金井《かない》卓《すぐる》って名で、一年前に足を洗ったんだよ。肝臓を悪くしてさ、男稼業を張れなくなっちゃったんだ。いまは、家業の鉄工所の手伝いをしてるらしいよ」

「長谷川と繋がりのある奴は、そいつだけなんだな？」

「そう」

「金井って奴の家《ヤサ》はどこにあるんだ？」

「調べたよ。江戸川区篠崎町《しのざきまち》三丁目十×番地、鉄工所と自宅は同じ敷地にあるみたいだぜ。もしかしたら、内村会長は金井さんに女検事を殺《や》ってくれる奴を見つけろって命じたのかもしれないな。それで、金井さんはどこかで知り合った長谷川って男に……」

「虚偽情報《ガセネタ》だったら、おまえを逮捕《パク》るぞ」

尾津は電話を切って、能塚室長に神《じん》から聞いた話を伝えた。

「その金井卓って元構成員が実在するかどうか犯歴照会してみるよ」

能塚が警察電話の受話器を摑み上げ、警察庁にA号照会した。わずか数分で、回答を得られた。

「どうでした？」

尾津は室長に問いかけた。

「金井卓は実在したよ。傷害と恐喝の逮捕歴があるな。二十一のときに竜門会に入ったことは間違いないが、堅気になったかどうかは確認できなかった」

「そうですか」

「尾津、白戸と一緒に金井に探りを入れてくれるか」

「わかりました」

「おれと勝又は待機してる。てこずるようだったら、金井の家に向かうよ」

能塚が言った。尾津は椅子から立ち上がった。白戸が倣《なら》う。

二人は分室を出て、エレベーターで地下三階に下《くだ》った。覆面パトカーのスカイラインに乗り込み、江戸川区の篠崎町に向かう。

金井宅を探し当てたのは、およそ四十分後だった。鉄工所の門の前にスカイラインが横づけされた。

尾津は先に車から降り、門の潜り戸に近づいた。施錠されていなかった。尾津たち二人は勝手に潜り戸を抜けた。

左手にある鉄工所は暗い。右側の二階家は電灯が点いていた。白戸がインターフォンを鳴らす。

ややあって、男の声で応答があった。

「どなた?」

「警視庁の者です。金井卓さんにうかがいたいことがありまして、お邪魔したわけなんですよ」

尾津は言った。

「おれが本人だけど、もう足を洗ってる。危《ヤバ》いことなんか何もしてないけどな」

「インターフォン越しではなんですから、ちょっと玄関先まで出てきてもらえませんかね」

「いま、そっちに行きます」

相手の声が熄《や》んだ。

少し待つと、玄関のドアが開けられた。金井はTシャツ姿だった。下はチノクロスパンツだ。中肉中背だが、眼光は鋭い。

尾津たちはそれぞれ警察手帳を見せ、苗字だけを告げた。金井が白戸の顔をしげしげと眺めた。

「おたくは以前、組対《そたい》五課にいたんじゃない？」

「そうだが、面識はなかったと思うがな」

「潜入捜査員たちの顔写真《ガンクビ》が裏社会に回ってたんだ。で、隠し撮りされた写真を見てたんですよ。体格《ガタイ》がいいんだな」

「タイマン張ってもいいよ。冗談はさておき、本題に入らせてもらうぞ。三年四ヵ月ぐらい前、おたくは竜門会の内村会長から何か特別なことを頼まれたんじゃないのかい？」

「もっと具体的に言ってほしいな」

「オーケー！　なら、ストレートに言うぜ。内村から殺人《コロシ》の実行犯を見つけろって言われなかったかい？　そのころ、東京地検特捜部の美人検事が赤坂署管内で殺《や》られたんだよ」

「その事件《ヤマ》のことは憶《おぼ》えてる。被害者は、確かまだ二十代だったんだよな？」

「ああ、そうだ。実行犯は長谷川宏司という奴だった。衝動殺人と思われたんだが、犯人は代理殺人を請け負った疑いが濃いんだよ」

「へえ」

「しかし、実行犯は逃亡中に崖から転落して脳挫傷を負い、いまも意識不明のままなんだ。そんなことで、主犯の割り出しに手間取ってるんだよ」

白戸が言って、目顔で尾津に発言を促した。

「そっちは、長谷川と面識があるな。そういう情報を摑んだんだよ」

「どこの誰がそんなでたらめを言ったんだ⁉」

「長谷川宏司なんて知らない？」

「ああ、一度も会ったことがないよ」

「内村に女検事を始末してくれそうな奴を見つけてくれと頼まれたことはないんだな？」

「そんなこと、頼まれてない」

「その通りだとしたら、誰かがそっちに濡衣《ぬれぎぬ》を着せようとしたんだろう」

「誰がおれを陥れようとしたんだろうか」

「思い当たる人物は？」

「いないよ。おれが堅気になりたいと会長に頼み込んだとき、近くにいた大幹部たちは、根性のねえ野郎だと顔をしかめてた」

「内村の反応はどうだったのかな？」

「おれの話を黙って聞いてたよ。それで、元の健康体に戻れないんだったら、荷物になるというようなことを呟いてた」

「小指《エンコ》詰めを迫られなかったんだな、両手の指が揃ってるから。詫び料は要求されたんだろ？」

尾津は訊いた。

「おれも最低三百万ぐらいは用意しなきゃと思ってたんだけど、詫び料を出せとは言われなかったんだ。ただ、屈辱的な写真を撮られてしまった」

「内村のペニスでも舐めさせられたのか？　あるいは、足の指でも……」

「そうじゃないんだ。会長がかわいがってるドーベルマンの尻《けつ》めどを舐めさせられたんだよ。惨《みじ》めだったけど、逆《さか》らえなかった。そのシーンを若頭補佐にデジカメで動画撮影されたんだよ」

「そっちが組織の弱みを知ってるんで、そのことを口外されたくなかったんだろう」

「ああ、そうだったんだと思うよ」

金井が下唇を噛んだ。重苦しい沈黙が落ちた。

「厭なことを思い出させてしまって、悪かったな。構成員の神《じん》と昔、何かで揉めたことはあるか?」

「神《じん》とつき合ってたキャバ嬢に一度だけ……」

「先をつづけろ」

「ちょっかいを出したことがあるよ。といっても、力ずくで姦《や》ったわけじゃないんだ。相手も色目を使ってきたんだよ。でも、体の合性はあまりよくなかったんだ。だから、寝たのは一回きりだった。キャバ嬢は神《じん》にバレないようにして、浮気しようなんて言ってたけどね」

「そっちは相手にしなかったわけか」

「そうなんだ。キャバ嬢は頭にきて、おれに強姦されたと神《じん》に言ったんだろうな。奴は敵意のこもった目を向けてくるようになった。けど、おれのほうが先に盃を受けてるんで絡んでくることはなかったよ」

「神《じん》はキャバ嬢を寝盗《と》られた恨みがあるんで、そっちを陥れようとしたらしいな」

「そうだとしたら、神《じん》を半殺しにしてやる」

「もう堅気《ネス》になったんだ。つまらない考えは持つな。下手したら、逆に袋叩《フクロ》きにされちまうぜ。神《じん》は現役のやくざなんだ」

「ま、そうですが……」

「悪かったな。健康に留意しろよ」

尾津は金井に言って、白戸とともに暇《いとま》を告げた。

表に出ると、白戸が先に口を切った。

「神《じん》の野郎はてめえの恨みを晴らしたくて、金井を陥れようとしたのか。ふざけた野郎だっ」

「電話で怒鳴りつけてやろう」

尾津は官給携帯電話を取り出し、発信キーを押した。

先方の電源は切られていた。神《じん》はしばらく身を隠すつもりなのだろう。その気になれば、潜伏先を突きとめられなくはない。しかし、いまは回り道をしている場合ではなかった。

尾津は神《じん》がモバイルフォンの電源を切っていることを話し、スカイラインを回り込んだ。二人は本部庁舎に戻ることにした。

白戸が覆面パトカーを数キロ走らせると、空腹を訴えた。まだ夕食を摂《と》っていなかった。

「どこかで腹ごしらえしてもいいが、駐車場付きの喰い物屋は見当たらないな」

「腹の皮がくっつきそうだ。とにかく、何か早く喰いたいよ。おっ、この先の左側にコンビニがあるな。何か買い込んでくる」

「そうか。おれは缶コーヒーとサンドイッチでいいよ。白戸、おれの分を立て替えといてくれ」

尾津は言った。白戸がうなずき、スカイラインをガードレールに寄せた。コンビニエンスストアは三、四十メートル先にある。

白戸は店の駐車場が埋まっているかもしれないと考え、覆面パトカーを車道の端に停めたのだろう。慌《あわ》ただしく運転席を出て、ガードレールを跨《また》いで舗道を走りはじめた。

尾津は携帯電話を懐から取り出し、能塚のモバイルフォンを鳴らした。すぐに通話可能になった。尾津は経過を話した。

「神《じん》の情報は虚偽《ガセ》だったんだな。チンピラが警察を愚弄《ぐろう》したわけだ。本家の大久保ちゃんに少しお灸《きゅう》をすえてもらうか」

「いま白戸はコンビニに喰い物を買いに行きましたが、小一時間で分室に戻れると思います」

「そんなに急いで戻ってこなくてもいいさ。白戸はおにぎりでも頬張りながら、運転する気でいるんだろう。しかし、それは危険だ。しっかり腹ごしらえしてから、こっちに戻ってくればいいよ。お疲れさん！」

室長が電話を切った。

尾津は背凭《もた》れに上体を預けた。十分が過ぎ、二十分が経った。それでも、白戸はなかなか戻ってこない。

尾津は少し心配になった。白戸のモバイルフォンを鳴らす。コールサインが十回近く響き、メッセージセンターに繋がった。

尾津は携帯電話を折り畳み、上着の内ポケットに戻した。いったん車を出て、運転席に回り込む。スカイラインをコンビニエンスストアの近くまで移動させる気になったのである。

ギアをD《ドライブ》レンジに入れようとしたとき、助手席のパワーウインドーが軽く叩かれた。どこか崩れた印象を与える男が立っていた。三十五、六歳だろうか。

尾津は助手席のパワーウインドーを下げた。

「何か用かな？」

「あんたの相棒の白戸とかいう刑事《デカ》を預かった」

「つまらない冗談はやめろ」

「本当の話だ。コンビニの前で仲間たちがノーリンコ59の銃口を左右から突きつけたら、大男もおとなしくなったよ」

「ノーリンコ59は、中国でライセンス生産されてるマカロフだな。竜門会の者か？」

「否定はしないよ。おれの話は嘘じゃない」

男が上着のポケットからスマートフォンを摑み出し、動画映像を再生させた。

白戸がワンボックスカーの後部座席に押し込まれるシーンが映っていた。

「白戸はどこに連れていかれたんだ？」

「市川《いちかわ》市郊外のある場所だよ。あんたも、そこに案内する。おれはサイレンサー付きの拳銃を左の腰に差し込んでる。妙な気を起こしたら、あんたに容赦なく銃弾を浴びせるぞ」

「暴れたりしないよ。早く助手席に乗れ！」

尾津は急《せ》かした。男が素早く助手席に乗り込んだ。

スカイラインを発進させる。江戸川大橋を渡って、千葉県をめざした。

二十分そこそこで、市川市内に入った。男の道案内で、海とは反対側に向かう。

「おれたちは警察なんか少しも怖くない。あんたらは内村会長や多田さんのことを嗅ぎ回りすぎたな」

「三年四ヵ月前に東京地検の久住詩織検事を長谷川宏司に殺《や》らせたのは、どっちなんだっ。殺しの依頼人は内村なのか、それとも多田なのか」

「どっちかであるかは教えられないな。しかし、どちらかさ。女検事は正義感を棄《す》てられなかったんで、若死にしてしまったのさ。いい女だったようだから、もったいないな」

「おれたち二人も始末する気なのか？　現職の警察官《サツカン》を二人も殺したら、竜門会はぶっ潰されることになるだろう。警察は身内意識が強いから、必ず弔《とむら》い合戦に挑む。長谷川を雇ったのが多田だとしたら、正当防衛ということにして射殺されるかもしれないな」

「おれたちは、あんたら二人を直《じか》に殺《あや》めたりしないよ。餓死させるだけだ。暴力団係《マルボウ》上がりの巨漢刑事《デカ》は大食漢なんだろうから、ひもじい思いをさせられた場合、発狂しちゃうんじゃないか。くっくく」

「相棒とおれを飢え死にさせろと命じられてるんだろうが、そうはいくかな」

「おれたち三人は拳銃《チャカ》を持ってるんだ。敏腕刑事か何か知らないが、あまり甘く見ないほうがいい。白戸って奴は、手錠《ワッパ》と特殊警棒しか持ってなかった。あんたもハンドガンを携行してないんだろ？」

「ああ」

「知りたいか？」

「拳銃は保管庫の中だ。しかし、油断しないほうがいいぜ」

「反撃するチャンスなんか与えないよ。無駄話は、これで終わりだ。おれの指示通りに運転しつづけろ」

「いいだろう」

尾津はステアリングを握り直した。

やがて、家並《やなみ》が途切れた。畑や雑木林の先に資材置場があった。敷地の隅に倉庫のような建築物が見える。その前に、パーリーブラウンのワンボックスカーが駐めてあった。

「この車も倉庫の前につけるんだ」

助手席の男が言った。尾津は命令に従った。

「先に車から出て、両手を頭の上で重ねろ」

「わかった」

「ゆっくりと降りろよ」

「おれは相棒を置き去りにして逃げたりしない。そう警戒するなって」

「とにかく、降りるんだ」

男が苛立《いらだ》たしげに言った。

尾津はスカイラインから出て、言われた通りにした。

男が助手席を降り、尾津の背後に回った。尾津は倉庫に似た建物にまっすぐ歩み、潜り戸から内部に足を踏み入れた。

両側に木の箱が並んでいるが、中身が何なのかはわからなかった。白戸はコンクリートの床《ゆか》に転がされていた。体をロープでぐるぐるに巻かれている。

「尾津さん、こんなことになっちまって面目ない」

「気にするな」

尾津は、ことさら明るく言った。白戸のそばに、二人の男が立っている。ともにノーリンコ59を持っていた。

「この男を縛《しば》り上げてくれ」

サイレンサー・ピストルを持っていると告げた男が二人の仲間に指示した。二人の男が近づいてきた。

「いずれ餓死するなら、おれたちに情《なさ》けをかけてくれないか」

尾津は、リーダー格の男に言った。

「情けをかけろって？ どういうことなんだ？」

「おれたちは、どちらも異性に興味がないんだよ」

「ゲイの関係なのか⁉ 驚いたな。どっちが女役《アンコ》なんだ？」

「相棒だよ。飢え死にする前に、烈《はげ》しく求め合いたいんだ。同性カップルの絡みを見たいとは思わないか？」

「ちょっと見てみたい気もするね」

「なら、白戸のロープをほどいてやってくれないか」

「いいだろう」

男がサイレンサー・ピストルを上着の裾から覗かせると、二人の仲間に目配せした。

白戸の縛《いま》しめが解かれた。巨漢刑事はにっと笑ってから、科《しな》を作った。

「死ぬ前に二人で狂いたいわ」

「ああ、そうしよう」

尾津は白戸に近寄った。二人は抱き合う真似をして、ノーリンコ59を持った男たちに横蹴りを浴びせた。

二人が倒れて、呻き声をあげる。どちらも、拳銃は落とさなかった。

「騙《だま》しやがったな。二人とも、くたばっちまえ！」

リーダー格の男が消音装置を嚙ませたグロック26を連射させた。圧縮空気が洩れるような音がして、九ミリ弾が疾駆《しっく》してきた。

尾津たち二人は左右に分かれ、両側の木箱を次々に引き倒した。そうしながら、二人は建物の奥に逃れた。折り重なった木箱が恰好の弾除《たまよ》けになった。

グロック26の弾倉が空になった。ほとんど同時に、二挺のノーリンコ59が交互に銃声を轟《とどろ》かせた。

放たれた銃弾が尾津たちの頭上を抜けていった。硝煙がたなびいている。

「煙で視界が悪くなったな。尾津さん、反撃しよう」

「よし！」

二人は木箱を一つずつ横に払い、少しずつ出入口に近づいた。

突然、銃声が熄《や》んだ。尾津たちは全力で木箱を次々に横に払った。

通路を確保したときは、すでに敵の男たちの姿は掻き消えていた。尾津たちは外に走り出た。

ワンボックスカーの尾灯は、赤い小さな点になっていた。追跡しても、見失うことになるだろう。

「もう間に合わないよ」

尾津は白戸に言った。

「くそっ、癪《しやく》だな。ノーリンコ59を持ってた男たちの片方が竜門会の者《もん》だと言ってた」

「グロック26を持ってた男も、それを否定しなかった」

「おそらく内村がおれたち二人を縛り上げて口も封じ、この建物の中に放置してこいって命じたんだろう」

白戸が言った。

「それは間違いなさそうだ。しかし、まだ長谷川の雇い主はどっちかわからない。内村っぽいが、多田も臭いからな」

「二人を順番に締め上げてみようよ。そうすりゃ、はっきりするだろうからさ」

「反則技で内村と多田を締め上げるか」

尾津は呟き、月を仰《あお》いだ。半月だった。

4

前科者の顔写真が映し出された。

本庁組織犯罪対策部第四課のパソコンである。尾津は、白戸の肩越しにディスプレイを見つめていた。

神《じん》の偽情報に振り回された翌日の正午過ぎだ。本家の大久保係長が部下たちに神《じん》の行方を追わせているが、まだ潜伏先は摑めていない。

白戸がスクロールしはじめた。

犯歴のある竜門会の構成員たちの顔写真が流れていく。尾津は瞬《まばた》きを止めた。

前夜《ゆうべ》、白戸と尾津を拉致した三人の男は竜門会の構成員であることを匂わせた。しかし、どの男の顔も映し出されない。

「おかしいな。逃げた三人は前科《マエ》がないのかもしれないね」

白戸が呟いた。

「内村会長は前科《マエ》をしょってる手下《フケ》を使うと足がつきやすいんで、準構成員たちを動かしたんじゃないのか。いや、待てよ。リーダー格の奴は、消音器付きのグロック26を持ってたな」

「そうだったね。ノーリンコ59はともかく、闇値が安くないグロック26を準構成員に使わせるとは考えにくいな。オーストリア製の高性能拳銃の数は、そんなに多くないから」

「そうだな」

「準幹部クラスでも前科歴のない奴もいることはいるな。内村はそういう手下の中から、きのうの三人を選んだみたいだね」

「いや、もしかしたら、金で雇われた組織外の連中かもしれない」

「そうか。だから、竜門会だと否定しなかったし、逃げ足も早かったんだな」

「ああ、そうなんだろう。神《じん》か前夜《ゆうべ》の三人を生け捕りにして囮《おとり》に使うという作戦を練ってたんだが……」

「三人組の正体がわからないんじゃ、作戦を変更せざるを得ないね」

「そうだな。組対四課か五課に別件で内村を検挙《アゲ》てもらって、女検事殺しの件で竜門会の会長を追及するか」

尾津は言った。

「そのほうが早そうだね。四課に管理売春容疑か、五課に麻薬密売で内村をしょっ引いてもらおうよ」

「おれたちだけで決めるわけにはいかないんで、分室に戻ろう」

「オーケー」

白戸がパソコンから離れた。

尾津たちコンビは組対四課の課長に礼を述べ、アジトに戻った。すると、本家の大久保係長がコーヒーテーブルを挟んで何か話し込んでいた。

勝又主任が自席から離れ、尾津たちに歩み寄ってきた。

「検察事務官の多田忠彦がJR大崎《おおさき》駅のホームから落ちて電車に轢《ひ》かれて死んだんだよ」

「飛び込み自殺だったんですか？　そうではなく、誰かにホームから突き落とされたのかな？」

尾津は訊いた。

「所轄の大崎署は、自殺と他殺の両面で捜査することになったらしいよ。というのはね、落下したのは防犯カメラの死角になる場所だったんだよ」

「多田がホーム下に落ちた時刻は？」

「午前十時五十一分ごろだったそうだ。ラッシュアワーじゃないんで、ホームの人影は多くなかったらしい。だから、多田が落ちた瞬間を目撃した者はいなかったんだってさ」

「そうですか」

「多田はいつも通りに午前八時過ぎには官舎を出たらしいんだが、頭痛がひどいんで欠勤すると職場に電話したそうだよ」

「その時刻は？」

白戸が口を挟んだ。

「午前九時二十分ごろだったらしい。電話に出たのは、特殊・直告班の有馬班長だという話だったよ。頭痛のせいか、多田は弱々しい声だったんだってさ。ぼくは、多田が長谷川宏司に久住詩織を殺《や》らせたんではないかと思ってるんだ」

「竜門会との黒い関係を美人検事に知られてしまったんで、第三者に始末させたんじゃないかって筋読みなわけだ？」

「そう。白戸君、きっとそうにちがいないよ。多田はギャンブル狂のいい加減な検察事務官だったが、コンビを組んでた女検事のことは尊敬してたんだろう。しかし、内村との繋がりや汚れた金を得てたことも久住詩織に知られてしまったんで、やむなく……」

「長谷川に美人検事を片づけさせた？」

「そうなんだろう。きみは、どう筋を読んでるのかな？」

勝又が問いかけた。

「多田は女検事とコンビを組んで、はるか年下の相棒が優秀であることには敬意を払ってただろうね。だけど、借りたギャンブル資金の返済ができなくなると、内村に擦《す》り寄ったような男ですよ」

「それだから？」

「保身のため、長谷川に久住詩織を始末させた疑いはあると思うんだよね。けどさ、そのことで悩んだりはしないでしょ？」

「要するに、多田が電車に飛び込むなんて考えにくいってことか？」

「そう」

「尾津君はどういう読み方をしてるのかな」

「単なる直感ですが、多田は自ら命を絶つような男じゃないと思います。自分を責められるタイプなら、賭けゴルフのカモたちから金を取り立てはしないでしょ？　もちろん、内村に儲かる貧困ビジネスをやれなんて悪知恵を授《さず》けたりもしないはずです」

「二人にそう言われると、なんか自信が揺らぎはじめたよ」

「内村が都合の悪くなった多田を誰かにホームから突き落とさせたんじゃないのかな。組織の者にやらせると、怪しまれやすい。ということで、金に困ってる人間を使ったんではないかな」

「おれも、そんな気がしてる」

白戸が尾津に同調した。勝又が頭に手をやった。

「きみらの読み、当たってるのかもしれない。主任でありながら、ぼくは駄目だな。〝もいろクローバーZ〟にのめり込みすぎて、仕事が少しラフになってるんだろうか」

「そんなことはないと思いますよ」

「尾津君は優しいね。一応、上司のぼくを庇ってくれるんだから。それとも、ぼくは哀《あわ》れまれてるのかな」

「おれは、他人を哀れむほど傲慢《ごうまん》じゃありません」

尾津は控え目に言い返した。決して優等生ではないが、他者を見下すような言動は慎んできた。

好き嫌いはあるが、思い上がった態度で他人と接してはいないという自負があった。所《しょ》詮《せん》、人間は五十歩百歩だ。少しばかり頭がよかったり、社会的な成功を収めても他者を低く見たりするのは高慢だ。品格がない。

「おまえたち、組対から戻ってきてたのか。気づかなかったよ。大久保ちゃんと話に夢中になってたんでな」

能塚が尾津に顔を向けてきた。

「多田忠彦が死んだそうですね」

「そうなんだよ。そのことを大久保ちゃんから聞いて、意外な展開になったと驚いてるんだ」

「おおまかな話は、勝又さんから教えてもらいました」

「そうか。多田は自ら死を選んだんじゃなく、何者かにホームから突き落とされたんだろうな。そして、入線してきた電車に撥《は》ねられたんだろう」

「でしょうね」

「まだ他殺と大崎署が断定したわけじゃないんだが、多田忠彦は消されたと考えられるね」

大久保が尾津に言った。

「おれと白戸は、竜門会の内村会長が流れ者か誰かに多田を始末させたと推測したんですよ。多田は相棒だった久住検事に暴力団との癒着ぶりを知られてしまったはずですから」

「そうなんだろうか」

「それから、多田は竜門会の非合法ビジネスのことを知ってました。内村会長は利用価値がなくなったと判断して、誰かに多田を葬らせたと考えてもいいでしょう」

「能塚室長とわたしも、そう筋を読んだんだ」

「そうですか」

「うわーっ！」

不意に勝又が大声をあげた。能塚が最初に反応した。

「ハンマーでぶっ叩かれたような痛みを頭部に感じたんじゃないのか？　そうだったら、くも膜下《まくか》出血だ。痛むほうの頭を上にして、ゆっくりと床《ゆか》に横向きに寝ろ。おれの友達の妹が四十代前半で、くも膜下出血で亡くなったんだ。極力、動くな。すぐ救急車を呼んでやる」

「室長、早合点しないでください。ぼく、頭に激痛を覚えたわけじゃありません」

「なあんだ、違うのか。いったい何なんだ、いきなり大声を出して」

「ぼくは強行犯係には向いてないいんじゃないかと何か自信をなくしてしまったんですよ」

「前置きははしょって、言いたいことを早く言え。話が長いぞ」

「は、はい。ぼくは、多田が美人検事殺しに関与したことを悔やんで、鉄道自殺を遂げたと筋を読んだんです」

「それで？」

「大久保係長、能塚室長、尾津君、白戸君の四人は揃って竜門会の内村会長が何者かに多田忠彦を始末させたと睨みました」

「ああ、そうだな」

「ぼくひとりが読み筋を外してしまいました。ということは、刑事としての能力が劣《おと》ってるわけでしょ」

「読みを外すことはあるさ」

「そうですが、四対一なんです。ぼくの敗北ですよ。強行犯捜査に向いてないからと刑事総務課あたりに飛ばされることになったら、プライドが傷つきます」

「刑事総務課なら、たいてい定刻には退庁できるだろう。〝みずいろクローバーZ〟のサポートが存分にできるかもしれんな」

「何度も訂正しましたよね。みずいろじゃなくて、〝ももいろクローバーZ〟です」

「ああ、そうだったな」

「室長は、ぼくのことを役に立たない主任と思ってるんでしょ！　できれば、別の部署に異動になればと心の中では願ってるみたいですね」

「男の僻《ひが》みはみっともないぞ」

「能塚室長、あんまりです。ぼくを刑事総務課に飛ばしたいんですよね、本音では」

「おまえ、刑事総務課のみんなにぶっ飛ばされるぞ。この分室よりマイナーの部署と思い込んでるようだが、向こうのほうがランクは上だろうが？」

「えっ、そうなんですか。どうなんです？」

勝又が大久保係長に訊いた。

「どちらが上とか、下とか考えるのはよくないな。どんなに地味な職務だって、それぞれ必要なんだ」

「模範的なことをおっしゃらないで、本音で喋ってくれませんか。この分室は、刑事総務課よりも一段低く見られてるんでしょ？　向こうは課ですが、こちらは分室ですから」

「所帯が小さくても、能塚室長を含めて四人は殺人犯捜査を担《にな》っている。現場捜査を望む刑事は数多い」

「ええ。ですけど、ぼくらは第二係の専従捜査班じゃありません。寄せ集めで構成されてる助っ人部隊です」

「いや、心強い特別チームだよ」

大久保が言いながら、能塚の顔を見た。

「そう言ってもらえると、束《たば》ね甲斐《がい》があるよ。それより、組対四課か五課に協力してもらって、内村を別件逮捕に踏み切ろうや」

「ええ、そうしましょう。すぐに捜査一《いち》課《う》の課長の許可を貰って、裁判所に令状を請求してもらいましょう。組対部も快く協力してくれるはずです」

「よろしく頼むよ」

能塚が大久保に軽く頭を下げた。大久保が急ぎ足で分室から出ていった。

「内村が連行されるまで待機だな」

尾津は自分の机に足を向けた。

第四章　複雑な背後関係

1

高飛びされたのか。

尾津は室長の話を聞いたとき、そう思った。分室で待機していると、室長席の警察電話が鳴った。数分前のことだ。内線電話をかけてきたのは、本家の大久保係長だった。

捜索令状が下りたのは午後二時前だ。組織犯罪対策部第四・五課の捜査員たちが内村の広尾の自宅と竜門会本部事務所に向かった。

しかし、内村はどちらにもいなかった。何人かの刑事が内村の愛人宅に急行した。

だが、そこにも竜門会の会長は隠れていなかった。事前に手入れを察知《さっち》して、内村は慌てて逃亡したと思われる。

分室のメンバーは、五人掛けのソファセットに腰かけていた。卓上には、四つのマグカップが載っている。

「組対の連中が会の大幹部たち全員に内村の居所を訊いたらしいんだが、どいつも知らないの一点張りだったそうだ」

能塚室長が、向かい合った尾津に告げた。

「大幹部たちはシラを切ったんでしょう」

「そうだろうな。内村の自宅と本部事務所には、銃刀や麻薬はまったく隠されてなかったそうだ。おそらく警察内部に内通者がいるんだろう。そいつの割り出しを急いでるということだったよ」

「竜門会の息のかかった飲食店、違法カジノ、企業舎弟も当然、調べたんでしょ？」

「ああ。しかし、内村はどこにも身を潜めてなかったらしいんだ。内村の女房も愛人の浅見真央も、まったく居所に見当がつかないと言ったそうだよ」

「内村が真央に任せてる『アモーレ』に身を潜める可能性もあると思うんですが……」

「そのクラブもチェックしたってさ。しかし、内村はいなかったそうだ。組対四課の者が那須《なす》高原にある内村の別荘に向かってるということだったが、そのセカンドハウスにもいないだろうな」

「ええ、おそらくね」

「友好団体に匿《かくま》ってもらったら、早晩、見つかる。内村はそんな所には逃げ込まないと思うよ」

「変装して首都圏のホテルかリースマンションで何日か過ごし、国外逃亡を図るつもりなんじゃないだろうか。元暴力団係《マルボウ》刑事の意見を聞かせてくれ」

尾津は、かたわらの白戸に顔を向けた。

「内村が人を殺したんだったら、密出国して東南アジアのどこかに潜伏する気になるだろうね。しかし、殺人の実行犯じゃないわけだ。長谷川に女検事を始末させたとしても、殺人教唆《きょうさ》容疑で起訴されるだけだよね。殺人罪よりも刑は軽い。自分が仕切ってる竜門会を棄《す》ててまで国外逃亡はしないと思うな」

「白戸、よく考えろ。内村は、誰かに多田を大崎駅のホームから線路に突き落とさせた疑いもあるんだぞ」

「あっ、そうだったね」

「内村自身が直《じか》に手は汚さなくても、殺人教唆容疑が二件だったら、無期懲役は免れないだろう」

「内村が海外に逃げたくなってもおかしくはないか。ただ、自分ひとりで高飛びする気になると思う？　海外逃亡する気でいるんだったら、いずれ潜伏先に誰か女を呼び寄せるんじゃないかな」

「かみさんか、情婦《いろ》の浅見真央を呼ぶ気なんだろうか」

「女房と国外に逃げたりしないでしょ？　三十二歳の愛人《レコ》を隠れ家に呼んで、内村は密出国する気なんだと思うな。昔はフィリピンやタイに密入国する暴力団組員が多かったけど、五、六年前から韓国、台湾、中国大陸に逃げる奴が増えてるんだ」

「振り込め詐欺のアジトが中国にあるんだろう？」

勝又主任が白戸に問いかけた。

「そう。日本にいられなくなったヤー公たちが中国に潜り込んで、現地の犯罪組織の下働きをしてるんだ。フィリピンやタイとは習慣、文化がだいぶ違う。日本人には、中国のほうが住みやすいだろうな」

「そういうことなんだろうね」

「勝又、いいか？」

能塚が主任に断ってから、誰にともなく言った。

「内村が潜伏先に誰か女を呼ぶ可能性はあるだろう。しかし、愛人《レコ》を選ぶと極《き》めつけていいのかね。愛人は女房よりも若いから、抱き心地は悪くないだろう。しかし、外国で生活するとなったら、長く連れ添ってきた女房の亜弥《あや》のほうが何かと頼りになるんじゃないのか。もう四十九だから、性的な魅力はないだろうがさ」

「室長の分析は説得力があるな。ええ、内村は妻のほうを同伴者に選ぶかもしれませんね」

尾津は言った。白戸が勝又主任を見た。二人とも、尾津には同調しなかった。

「白戸と勝又は、内村は愛人を潜伏先に呼び寄せると推測したようだな。どっちとも考えられるから、内村亜弥と浅見真央の両方の動きを探ってみよう」

能塚が部下たちの顔を順ぐりに見た。尾津たち三人は、相前後してうなずいた。

「組対の連中も内村の自宅、本部事務所、愛人宅に張りつくだろうが、おれたちもしばらく二人の女を監視することにしよう」

「ぼくと室長は、どっちを……」

勝又が訊いた。

「おれと勝又は広尾に行って、内村亜弥の動きを探る。尾津・白戸班には、真央の自宅に張りついてもらう」

「わかりました」

「全員、拳銃を携行しよう。内村の手下が何か仕掛けてくるかもしれないからな。相手が発砲したり日本刀《ポントウ》で斬りつけてきたら、まず空に向けて威嚇《いかく》射撃する。それでも抵抗するようだったら、急所を外して撃て。いいな。弾道が逸《そ》れて相手が死んでも、正当防衛になる。迷わずに引き金を絞るんだぞ。おまえたちを殉職させないことがおれの最大の務めなんだ。尾津も白戸も命を粗末にするなよ。命のスペアはないんだから」

「室長、ぼくは殉職してもいいってわけですか？」

「勝又、安心しろ。おれが体を張って、相棒のおまえを護《まも》り抜く」

「ぼく、室長が好きになってきたな」

「変な目つきをするな」

「誤解です。ぼくはゲイじゃありませんよ。草食系ですけど、ノンケですから」

「わかってるよ。拳銃を携《たずさ》えたら、出かけるぞ」

能塚室長が立ち上がった。分室のメンバーは拳銃保管室に移り、それぞれシグ・ザウエルP230を受け取った。

原産国はスイスだが、日本でライセンス生産されている中型ピストルだ。ハンマー露出式のダブル・アクションである。弾倉クリップには七・六五ミリの実包が七発しか入らないが、初弾を薬室《やくしつ》に送り込めば、フル装塡数は八発だ。

尾津はショルダーホルスターに拳銃を収め、上着の前ボタンを掛けた。真夏はインサイドホルスターを用《もち》いることが多い。ホルスターはスラックスの内側に装着するので、いちいち上着の前ボタンを掛ける必要はなかった。

尾津たち二人は先に拳銃保管室を出て、地下三階の車庫に下《くだ》った。

白戸が先にスカイラインに乗り込み、エンジンを始動させた。尾津は助手席に腰を沈めた。午後四時半だった。

白戸が覆面パトカーを走らせはじめた。

北青山に向かう。浅見真央の自宅を探し当てたのは、二十数分後だった。趣《おもむき》のある借家の手前に灰色のアリオンが見える。覆面パトカーだ。

「組対四課の車輛に接近しないほうがいいな」

「心得てるって」

白戸は、路上駐車中の白いレクサスの後方にスカイラインを停めた。アリオンから三十四、五メートルは離れていた。

「組対に別件で内村を引っ張ってくれと申し入れたわけだから、本来なら一緒に浅見真央に張りつくべきなんだが……」

尾津は言った。

「でも、分室《うち》が先に内村の潜伏先を突きとめたほうがベストだからな。そのほうが借りは少ないでしょ？」

「それはそうだが、抜け駆けをするのは気が引けるな」

「尾津さん、そこまで気を遣《つか》わなくてもいいんじゃないの？　殺人教唆容疑で内村の身柄《ガラ》を押さえたら、竜門会の勢力は衰《おとろ》えると思います。そうなりゃ、組対も捜一の二係に借りをこさえたことになるわけだから。おれたちが先に内村を見つけたって、組対は手柄を横奪《ど》りされたとは言い出さないって。もともと二係の要請で四課と五課が家宅捜索《ガサ》かけてくれることになったんだしさ」

「そう思うことにしよう」

「浅見真央は組対の張り込みに気づいてるんじゃない？」

「ああ、多分な。内村から呼び出しの電話かメールがあっても、『アモーレ』のママはすぐには動けないでしょ？　というより、動くに動けない」

「そうだな」

「きょうは空振りに終わりそうだね。こっちだけじゃなく、室長たちの班もさ」

「と思うが、油断はできないぞ。真央は裏庭から隣家を抜けて、反対側の通りに出るとも考えられるからな。組対の連中も裏通りには張り込んでないだろう」

「いや、わからないよ。おれ、ちょっと浅見宅の裏手の通りを覗いてくる」

「おまえの体じゃ、どうしても目立つ。おれがチェックしてこよう」

「なんか悪いね」

白戸が申し訳なさそうな顔つきになった。

尾津は小さく首を振って、さりげなく助手席を出た。近くにある脇道に入り、大きく迂回して浅見宅の裏手に回る。覆面パトカーは目に留《と》まらなかった。

浅見宅と背中合わせに建っている民家は敷地が広く、庭木も多い。夜陰に乗じて真央が籠脱《かごぬ》けすることはできそうだ。

尾津は来た道を逆戻りして、スカイラインの中に戻った。

「警察車輛は見当たらなかったよ。内村の愛人がその気になれば、真裏の家の敷地を通り抜けることはできるだろうな」

「なら、真央が今夜にも動くかもしれないんだね？」

「ありうるだろうな。白戸、夕闇が濃くなったら、車を浅見宅の真裏の通りに回してくれないか」

「了解！」

白戸が口を結んだ。尾津はスカイラインのフロントガラス越しに、覆面パトカーに視線を注ぎつづけた。

能塚から尾津に電話があったのは、五時四十分ごろだった。

「そっちに動きはないんだな？」

「ええ。そちらはどうなんですか？」

「内村亜弥が外出する様子はないんだが、部屋住みの若い衆たちが組対の覆面パト《メン》に気づいて厭《いや》がらせをしはじめたんだよ。車に放水したり、花火を投げつけたりな。そいつらを公務執行妨害で現行犯逮捕することはできるんだが、揉《も》み合ってる隙に内村の女房が家を抜け出す恐れもあるんで、二人の刑事は車内から出ようとしない」

「室長、その騒ぎは陽動作戦かもしれませんよ。どさくさに紛れて内村亜弥は、真後ろの民家伝いに裏通りに抜ける気なんじゃないですかね？」

尾津は言った。

「そういうことを企んでるのかもしれないな」

「能塚さん、内村の自宅の裏手に回ってみてください」

「そうしよう」

室長が通話を切り上げた。尾津は携帯電話を懐に戻してから、白戸に能塚から聞いた話をした。

「逃げた内村は、女房を潜伏先に呼ぶつもりなのかな。で、部屋住みの若い者《もん》たちに騒ぎを起こさせて、妻の亜弥を家から抜け出させようと考えたんだろうか。だとしたら、室長の読みが当たったってわけだ」

「まだわからないよ」

「正直に言うと、おれ、能塚さんの直感や勘はさほど役立たないと思ってたんだが、今回はビンゴっぽいな」

「おまえはせっかちだね。内村がどっちの女を呼ぶ気になったか、わかったわけじゃないだろうが?」

「そうなんだけどさ」

白戸がきまり悪そうに笑った。

尾津たちは黙り込んだ。西陽《にしび》が大きく傾き、残照は弱々しくなった。じきに黄昏《たそがれ》の気配が漂いはじめるだろう。

能塚から、ふたたび電話がかかってきた。

「内村の女房が真裏の家の敷地を通り抜けたんですか?」

尾津は早口で問いかけた。

「いや、そうじゃないんだ。内村宅の裏の家の前に回り込んできたんだが、会長の女房は裏通りにいっこうに出てこないんだよ」

「そうですか。おれの読みは外れちゃったようだな。室長を急《せ》かしてしまって、すみませんでした」

「尾津、まだ読みが外れたのかどうかわからないぞ。内村のかみさんは夜が更けてから、裏通りに出ようと思ってるのかもしれない。このまま、裏通りで張り込んでみるよ」

「わかりました。組対の二人は徹夜で張り込むつもりなんでしょうね」

「だろうな。もう何時間か過ぎたら、交代要員が来るんじゃないか。おまえたちも、愛人宅の裏手でしっかり張り込んでてくれ」

「了解！」

「おっと、言い忘れるところだった。ついさっき大久保ちゃんから連絡があったんだ。大崎署は、多田が誰かにホームから突き落とされたと判断したそうだよ。多田の背中に薄い痣《あざ》が認められたんだが、それが男の掌《てのひら》の痕だと判明したらしい」

「あいにく目撃者はいなかったが、その淡い痣で他殺の疑いが濃いと判断されたわけですね？」

「そういうことだ。明日にでも、大崎署に捜査本部《チョウバ》が立って、殺人犯捜査五係の十四人が出張《でば》ることになったということだったよ。おそらく内村に雇われた奴が、多田忠彦をホームの下に突き落としたんだろう」

「そう疑えますね」

「浅見真央の監視をよろしくな」

能塚が電話を切った。尾津はモバイルフォンを二つに折り、白戸に通話内容を伝えた。

「内村の女房が裏通りに出なかったとしたら、室長の読みは外れなのかな」

「白戸、なんか嬉しそうだな。能塚さんの勘が外れそうなんで、ほっとしてるんじゃないのか。え？」

「さすが尾津さんだな。実は、そうなんだ。能塚さんは自分の直感や勘が的中すると、ベテラン刑事の経験則を軽く見るなと延々とやりだすでしょ？　おれ、もう聞き飽きたんだよね」

「幾度も同じ訓話を聞かされたが、大先輩の教えは拝聴すべきだよ。必ず役に立つことがあるはずだ」

「尾津さん、優等生みたいなことを言わないでほしいな。おれ、がっかりするからさ。尾津さんは食《は》み出し者で、どこかアナーキーなんだから」

「おまえのほうがよっぽどアナーキーだよ」

「おれは小心者だって。裏社会の奴らに〝お車代〟を自分から要求できないんだからさ。ポケットに捩込《ねじこ》まれた封筒を突き返すだけの勇気もないんで、結果的には賄賂《わいろ》を受け取ったことになってるけどね。おれ、根は気が弱いんだよ」

「この野郎、殴るぞ。おまえのどこが気弱なんだっ」

「えへへ」

白戸がにやついた。

尾津たちはすぐに顔を引き締め、張り込みに専念した。夕色《ゆうしょく》が拡《ひろ》がり、夜の色が深くなった。

浅見宅の真裏の家の門扉《もんぴ》が少しずつ押し開けられたのは、午後十一時を五、六分過ぎたころだった。

尾津は暗がりを凝視《ぎょうし》した。表に出てきたのは、浅見真央だった。組織犯罪対策部第四課から内村の愛人の顔写真を提供されていたのだ。写真よりも若々しい。肉感的な肢体《したい》だ。

淡いブラウンのキャリーケースを引いた真央は急ぎ足で、近くの大通りに向かった。

「写真よりも『アモーレ』のママは、ずっと色っぽい。男を蕩《とろ》かすような体をしてて、床《とこ》上手《じょうず》なんだろうな。一度、抱いてみたいね」

白戸が舌で下唇を嘗《な》めてから、スカイラインを走らせはじめた。低速で真央を追尾していく。尾行を覚《さと》られた気配はうかがえない。

浅見真央は大通りでタクシーを拾った。

「キャリーケースを引っ張ってたから、内村の潜伏先に行くんだろう」

尾津は言った。

「それは間違いないと思うよ。尾津さん、室長に報告したほうがいいんじゃない？」

「内村の隠れ家を突きとめてから電話をするよ。真央が内村に呼ばれたという確証はないからな」

「そうだね。能塚さんたちと合流したら、内村の自宅はノーマークになる。女房が旦那の潜伏先に行ったりしたら、それこそ最悪だ。報告は後にしましょう」

白戸が言って、用心深くタクシーを尾《つ》けはじめた。

タクシーは目黒通りから第三京浜を進み、横浜《よこはま》新道経由で横浜横須賀《よこすか》道路に入った。三《み》浦《うら》半島のどこかに内村が妻に内緒で購入した別荘でもあるのか。

タクシーは衣笠《きぬかさ》まで道なりに走り、三浦サンサンラインに乗り入れた。陸上自衛隊の駐《ちゅう》屯地《とんち》の脇から三浦市方面に進み、和田長浜《わだながはま》海岸の少し先で丘陵地側に折れた。タクシーは市道の七、八百メートルほど先で停止した。

周囲に民家は見当たらない。真央はタクシーを降り、漆黒《しっこく》の夜道を歩きはじめた。市道から逸《そ》れた場所にこんもりとした森があった。まるで影絵のようだ。黒々としている。

タクシーがUターンし、遠ざかっていった。

白戸が市道の端に覆面パトカーを停める。尾津は先に車を降りた。白戸を待って、一緒に真央の後を追う。

森の中央に平坦な場所があった。そこに大型のキャンピングカーが駐められている。車内灯が点いていた。

真央がキャンピングカーの横に立った。すぐに内村が車内から姿を見せた。

「内村が車を発進させるようだったら、おまえはタイヤを撃ち抜け。いいな？」

尾津は上着の前ボタンを外し、ショルダーホルスターからシグ・ザウエルP230を引き抜いた。手動式の安全弁を外す。

白戸も拳銃を握った。内村が愛人をキャンピングカーの中に入れる。

「高飛びなんかさせないぞ」

尾津は大声を発した。内村が振り返って、闇を透かして見ている。

「警視庁の者だ。あんたが三年四カ月前、東京地検の久住という女検事を長谷川宏司に殺《や》らせたんじゃないのか？」

「おれじゃねえ。その女検事は竜門会のシノギのことでいろいろ嗅ぎ回ってたが、誰にも殺《や》らせてねえよ」

「あんたは多田忠彦も誰かに片づけさせたんだろうが！」

「多田は、おれの知恵袋みてえなもんだったんだ。消したら、損をこく。そんなことするわけねえだろっ」

内村が腰の後ろに手をやって、ベルトの下から拳銃を引き抜いた。暗くて型《タイプ》まではわからない。

「発砲したら、撃ち返すぞ」

「好きにしやがれ」

「内村、頭を冷やせ！」

白戸が諌《いさ》める。無駄だった。内村は尾津に銃口を向けてきた。両手保持の構えだ。

尾津は姿勢を低くした。

次の瞬間、銃弾が放たれた。吐かれた銃口炎《マズル・フラッシュ》は十センチほどだった。大型拳銃だろう。

尾津は地に伏せた。弾《たま》は頭上を抜けていった。白戸が一発、威嚇射撃する。

「てめえら二人とも撃《ハジ》いてやらあ」

内村が吼《ほ》えて、今度は銃口を白戸に向けた。巨身の相棒は的《まと》になりやすい。

尾津は寝撃ちの姿勢《プローン・ポジション》で、内村の右腕に狙いをつけた。二の腕のあたりだ。

一気に引き金を絞る。

銃声が響き、反動《キック》で両手首がわずかに浮いた。右横に弾き出された薬莢が舞う。硝煙が鼻先を掠《かす》めた。

標的は外さなかった。内村が短く呻いて、斜め後ろに倒れた。ハンドガンを握ったままだった。

白戸が駆け寄って、内村の側頭部を蹴り込んだ。内村の手から拳銃が落ちる。尾津は身を起こし、大型キャンピングカーの前まで走った。

すでに白戸は、内村のハイポイントJS45を押収していた。アメリカ製の大型ピストルだ。尾津は前屈みになって、内村の右腕の銃創を見た。傷は浅い。筋肉が数ミリ削《そ》ぎ取られただけだろう。

「会長を撃ち殺さないでちょうだい」

真央が涙声で言い、キャンピングカーから飛び出してきた。すぐに彼女は、パトロンを抱き起こした。

「ろくでなしでも、愛人《レコ》には優しいようだね」

白戸が言った。尾津はうなずいて、シグ・ザウエルP230の安全弁を掛けた。

読みが浅かったのか。

尾津は溜息をつきそうになった。職場の自席に坐っていた。午後一時過ぎだ。

竜門会の内村会長を緊急逮捕したのは一昨日《おととい》の夜だった。所轄署の事情聴取を受け、尾津たちコンビは東京に戻った。

2

翌日、内村は警視庁に移送された。右腕の銃創は手当てされていた。縫合手術の必要もないほどの軽傷だった。

浅見真央は前夜のうちに帰宅を許されていた。内村とともに海外逃亡を図る疑いは濃かったが、立件する物証がなかったからだ。つまり、幇助罪《ほうじょざい》には問われなかったわけである。

身柄を警視庁に移された内村は、先に組織犯罪対策部第四・五課の取り調べを受けた。銃刀法違反で地検送りになったが、麻薬取締法違反と売春防止法違反は見送られた。

内村は、捜査一課第二殺人犯捜査係に美人検事殺害事件で調べられた。さらに多田の死にも関与しているかどうか厳しく追及された。

尾津たちも専従捜査班と一緒に内村を追い込んだ。内村は久住詩織と多田忠彦の死には絡んでいないと言い張った。また、長谷川宏司に殺人を依頼したことはないとも繰り返した。

そんなことで、捜査一課は内村を発射罪及び殺人未遂容疑で送致した。きょうの午前十時過ぎ、竜門会の会長は本庁の留置場から護送車で東京地検に連れていかれた。検事調べを受けるためだった。

「内村が女検事と多田の殺しにタッチしてなかったとほぼ決定したとなると、いったい二人を亡き者にしたのは誰なんだろうな」

能塚室長が唸って、腕を組んだ。考えごとをするときの癖だった。

「室長、初期捜査に手抜かりがあったんじゃないですか？」

勝又が最初に口を切った。

「食材や産地を偽装してた有名ホテルチェーンを運営してる『東和観光』は、シロだったと確認できたんだ。それから反原発派文化人たちを脅迫してた利権右翼の羽柴実、元国税局査察官の生稲浩樹の疑いも晴れてるんだぞ」

「そうなんですが、検察事務官だった多田は告訴の内偵対象者の弱みにつけ込んで金品をせびってたんじゃないんですかね」

「勝又さん、それはないと思うよ」

白戸が会話に割り込んだ。

「そうかな。白戸君は誰が臭いと考えてるんだい？」

「根拠があるわけじゃないんだけど、多田は賭けゴルフで負けた連中から集金するとき、東京地検特捜部特殊・直告班が近々……」

「賭けゴルフのことを内偵する予定になってるとでも威《おど》しをかけたんだろうか」

「そうじゃないとしたら、多田は知り合いのブラックジャーナリストに賭けゴルフのことをリークすると言って、口止め料をせびってたんじゃないかな。取り立ての謝礼を内村から貰ってたわけだけどさ、多田はもっと欲を出したかもしれないでしょ？　金はいくらあっても、邪魔にはならないからね」

「賭けゴルフのことを恐喝材料にするぞと脅迫したとは思えないな。そうだったとしたら、久住検事は殺されることはなかったはずだよ」

「あっ、そうか。やっぱり、最初に言ったように多田は特捜部特殊・直告班が賭けゴルフをやった連中を調べる予定になってるという作り話をして、自分が揉み消してやるから金を寄越《よこ》せと言ったんだろうな」

「そうなら、多田は賭けゴルフのカモたちから金を貰ってたことを美人検事に知られてでしまったのかもしれないな。危《ヤバ》くなった多田は間接的な伝手《つて》で長谷川とコンタクトを取って、殺人を依頼したんじゃないだろうか」

「二人ともちょっと待て。なら、多田は誰に消されたんだ？」

能塚が勝又と白戸の顔を交互に見た。先に応じたのは白戸だった。

「賭けゴルフで負けた奴の誰かだろうな」

「内村は五年ぐらい前から、中小企業のオーナーや医師たちを賭けゴルフのカモにしてたんだ。多田は、四年半前から内村の代理人として集金をしてたんだぞ」

「そうですね」

「多田のたかりは、おそらく一回じゃ終わらなかったんだろう。保身本能の強いカモが賭けゴルフのことで検挙されるのを恐れて女検事を長谷川に殺《や》らせたんだとしたら、そいつはとうに多田も葬らせてたはずだ。いまごろになって、多田を誰かに片づけさせるなんて推測には無理があるだろうが？」

「そう言われると、そうだな」

「おれも室長と同じ考えです」

尾津は言った。白戸が顔を向けてきた。

「それじゃ、誰が美人検事と多田を……」

「内村が臭いと思ってたが、どうもシロらしい。殺害されたのは、検事と検察事務官だ。そのことが事件の謎を解く手がかりになるんじゃないのか」

「なるほどね」

「久住検事と多田は、これまでの捜査では明らかにされてない告訴・告発事件の内偵をしてたのかもしれないぞ」

「その内偵事案が明るみに出なかったってことは、特捜部内部の者が揉み消した疑いも否定できないな」

能塚が尾津を見ながら、苦々しげに言った。

「ええ、否定できませんね。警察や検察は法の番人であるべきですが、大物政財界人の圧力に屈してしまうことがあります」

「悔しい話だが、法は万人に平等じゃない。絶大な権力を握った者から圧《アツ》力がかかれば、エリート官僚たちも無視はできなくなる。その結果、犯罪そのものが揉み消されてるよな？」

「ええ。傷害、暴行、交通違反は外部の圧力で、なかったことにされたりしてる。さすがに殺人の揉み消しはないと信じたいですが、強姦や殺人未遂事件がうやむやにされたケースはあるでしょうね」

「女検事は、そうした揉み消しに目をつぶろうとしなかった。そのため、検察関係者は頭を抱え、何らかの方法で実行犯の長谷川宏司を探し出した」

「で、殺人を依頼したわけだ。多田は上層部の誰かに鼻薬を嗅がされてたんで、揉み消しの件はずっと誰にも話さなかったのかもしれない。尾津、おれの筋読みとおまえの推測は喰い違ってるか？」

「いえ、同じです。多田は検察庁幹部の弱みを握ったんで、次第に増長しはじめた。野放しにしておくと、いつか検察庁は瓦解《がかい》してしまうかもしれない。上層部は強迫観念に取り憑《つ》かれ、多田忠彦の口を永久に塞《ふさ》ぐ気になったんではないんですかね？」

「おれも尾津と同じことを考えたんだ」

「室長、それは考えすぎですよ。いくらなんでも、検察庁が身内の者を二人も第三者に抹殺させるなんてことは……」

勝又が異論を唱《とな》えた。

「そんな推測はしたくないよ。しかし、内部告発しかけた優秀な公安刑事が不審死した事例もある。結局、他殺として捜査はされなかったが、身内に口を封じられた疑いはいまも拭《ぬぐ》えていない」

「その話は知ってますけどね」

「検察庁だって、内部の腐敗が表面に出たら、威信は失墜してしまうじゃないか。最強の捜査機関と自負してる東京地検特捜部で告訴・告発事件を揉み消してたことが世間に知れたら、繕《つくろ》いようがない」

「検察庁首脳部も人の子だから、出世欲もあるだろうし、保身本能も強いはずだ。勝又さん、室長と尾津さんの読みは的外れじゃないのかもしれないよ」

白戸が言った。勝又は曖昧《あいまい》に笑って、口を閉ざした。

その直後、本家の大久保係長が分室に飛び込んできた。緊張した面持《おもも》ちだった。

「大久保ちゃん、どうした？」

能塚が声をかけた。

「内村が検事調べを受けて護送車に乗りかけたとき、何者かにダート・カタパルトの矢で首を射《い》られて死亡しました。ダートには猛毒が塗られてたようです。内村は即死状態だったそうですよ」

「で、犯人は？」

「付き添いの警察官たちがすぐに追ったんですが、黒いフェイスキャップを被った男は待機してた灰色のエスティマに飛び乗って国会議事堂方面に走り去ったということでした」

「車のナンバーはわかってるんだろ？」

「ええ。ですが、五日前に練馬区内の月極駐車場から盗まれた車でした」

「盗難車を使ったのか。もちろん、もう緊急配備《キンパイ》はかけられたんだね？」

「ええ、自動車ナンバー自動読取装置《Nシステム》に引っかかるでしょうから、じきに逃走ルートは判明すると思います」

「だといいがな。アメリカではカタパルトと呼ばれる狩猟用の強力パチンコを多くの者が使いこなしてるようだが、日本ではあまり普及してない」

「ええ、そうですね。一発で犯人は標的を仕留めてますし、ダーツの先にクラーレか何か猛毒が塗られてたようです。そうしたことを考えると、加害者は外国人なのかもしれません」

「大久保ちゃん、そういう先入観は持たないほうがいいな。ネット時代なんだから、外国で使われてるカタパルトを知ってる日本人は案外、多いんじゃないのかい？　その気になれば、そういう物を国際宅配便で取り寄せることもできる」

「そうですね。能塚さんがおっしゃったように、犯人が外国人と思い込むのはよくありませんね。しかし、加害者は終始《しゅうし》落ち着いてたということですから、ただの勤め人や学生じゃない気がします」

「ああ、そうだろうね。元自衛官、元警官、傭兵《ようへい》崩れなのかもしれないな。あるいは、腕っこきの殺し屋《プロ》の可能性もある」

「そうですね。久住検事と多田が殺害されて、今度は内村が始末された。能塚さん、どう筋を読むべきでしょう?」

「大久保ちゃん、とりあえずソファに坐ってよ」

「はい」

大久保がソファセットに歩《ほ》を進め、手前のソファに腰かけた。能塚室長が自分の机から離れ、大久保の向かい側に坐る。

尾津たち三人は自席に留《とど》まった。白戸が煙草に火を点ける。尾津は釣られてセブンスターをくわえた。

「内村の心証はシロになったんで、分室《うち》は検察庁の偉いさんが長谷川に美人検事を片づけさせて、別の誰かに多田を大崎駅のホームから突き落とさせたんではないかと筋を読んでみたんだよ」

「二人は身内に消されたんではないかですって!?」

大久保が目を丸くした。能塚が新たに推測したことの根拠を話す。

「検察庁が外部の圧力に屈したことを美人検事に内部告発されることを恐れ、長谷川に始末させたと疑えなくもありませんね。多田が事件の揉み消しの件で上層部を強請《ゆす》っていたんでしたら、抹殺されるだろうな」

「そう筋を読んだんだが、今度は竜門会の内村会長が殺された。それで、おれたちの推測が説得力を失っちまったわけだよ。内村が検察庁の高官の誰かを強請ってたとは、考えにくいだろ？」

「ええ、そうですね。たとえ多田から検察庁が外部の有力者に頼まれて犯罪を揉み消していたことを教えられてたとしても、そんなことをしたら、自分の悪事を暴かれてしまうでしょうから」

「そうだな。どの暴力団も叩けば、いくらでも埃《ほこり》は出る。内村が検察庁を強請った可能性はきわめて低い」

「ええ」

「特殊・直告班の有馬班長が何かを隠してるような気配は感じなかったんだよな？　尾津、どうなんだ？」

「そんな様子はうかがえませんでしたね」

尾津は答えて、煙草の灰を指先ではたき落とした。

「そうか。三人の被害者に共通するものがあれば、一連の事件の真相が透けてくるはずだ。しかし、その共通点がわからないんだよな」

「能塚さん、三つの殺人事件はリンクしてるんですかね。美人検事と多田は仕事でコンビを組んでました。多田は竜門会の内村会長と黒い関係だったことから、三つの事件は繋《つな》がってるとつい思いがちですが……」

「三人は、それぞれ別の理由で殺《や》られてしまった？」

「そうは考えられませんか？」

「三つの事件はリンクしてる気がするね、確たる証拠はないんだけどさ。刑事の勘だと、繋がってる気がするな」

「能塚さんの勘はよく当たりますから、そうなんでしょう」

「誤認逮捕をやらかしたことがあるんで、断言はできないが、今回は直感に狂いはないと思うよ」

「室長がそこまでおっしゃるなら、きっと三つの殺人事件はリンクしてるにちがいありません。問題は被害者たちの共通点ですね」

大久保が考える顔つきになった。

それから間もなく、係長の懐で携帯電話が着信音を発した。大久保が能塚に断って、捜査用のモバイルフォンを耳に当てる。

電話をかけてきたのは、機動捜査隊初動班の主任のようだ。通話時間は、わずか一分ほどだった。

「機捜《きそう》初動班の主任からの情報なんですが、ダーツの先端には亜砒酸《あひさん》と青酸化合物がたっぷりと白色ワセリンで塗り固めてあったそうですよ」

「大久保ちゃん、内村は毒殺されたんだね？」

「それは、まだわからないそうです。二種類の毒薬が内村の体内に入ったことは間違いないんですが、ダーツは頸動脈《けいどうみゃく》を貫いてるらしいですよ」

「ショック性失血死だったのかもしれないわけか」

「ええ。死因は司法解剖で明らかになるはずですが、犯行の手口が殺し屋《プロ》っぽいですよね？　能塚さん、そうは思いませんか？」

「思うよ。内村を亡き者にしたいと願ってた主犯は、犯罪のプロを雇ったんだろう。以前、陸自《りくじ》のレンジャー部隊で特殊な訓練を受けた奴なのかもしれないな」

「考えられますね。初動捜査の情報が集まり次第、すぐに分室に伝えます」

大久保がソファから立ち上がった。尾津は机に向かったまま、大久保に目礼した。勝又と白戸も軽く頭を下げる。

「おれと勝又は特捜部特殊・直告班の有馬班長に会ってみるよ。隠しごとはしてないだろうが、念のためにな」

能塚が言った。

「そうですか」

「取り込んでるだろうけど、内村の妻の亜弥にも会ってみよう。尾津・白戸班は、被害者の情婦《いろ》だった浅見真央に聞き込みに行ってくれないか」

「了解です」

「内村は入れ揚げてた愛人《レコ》には、組織のことをあれこれ話してたかもしれない。非合法ビジネスのことなんかもな」

「考えられなくはないと思います。気を許してる女には、つい口を滑らしたりするでしょうからね」

「何か新事実がわかったら、事件の真相に一歩近づける。それがきっかけになって、三人の被害者の共通点が見つかれば、首謀者の顔が浮かび上がってくるだろう。すぐ聞き込みに回ろうや」

「はい」

尾津は腰を上げ、椅子を机の下に潜らせた。

まだパトロンの死を知らないようだ。

3

真央の顔に悲しみの色は差していない。浅見宅の玄関先である。

「実はね、内村会長は死んだんだよ」

尾津は言った。

「嘘！　嘘でしょ⁉」

「本当の話なんだ。内村は東京地検で調べを受けた帰りにダート・カタパルトの毒矢で首を射抜かれたんだよ。矢には、亜砒酸と青酸化合物が塗りつけられてた。死因はショック性失血死かもしれないが……」

「いやーっ」

真央が玄関マットの上に頽《くずお》れた。脚《あし》はハの字になっている。嗚咽《おえつ》が洩れてきた。

横に立った白戸が口を開いた。

「泣きたいだけ泣けよ。内村は極悪人だったが、あんたはかわいがってたんだろうからさ」

「だ、誰が……」

「涙が涸《か》れてから喋ればいいよ」

「え、ええ」

真央が声をあげて泣きはじめた。まさに号泣だった。痛々しい。

尾津たちは相前後して、真央から視線を逸《そ》らした。真央はひとしきり泣くと、ハンカチで涙を拭った。目が真っ赤だ。

「少しは落ち着いたかな？」

尾津は訊いた。真央が無言で顎を引く。

「犯人は黒いフェイスキャップで顔を隠してたが、おそらく内村とは一面識もないんだろう。犯罪のプロで、殺人《コロシ》を請け負っただけなんだと思うよ」

「関西の極道たちが赤坂や青山で竜門会の若い構成員たちに因縁《いんねん》をつけてたらしいから、その連中が殺し屋に会長を始末させたのかもしれないわね」

「最大勢力が関東やくざとの紳士協定を破って十数年前から首都圏に下部組織の拠点を次々に設けたが、会長や総長クラスの命を奪ったら、東西勢力の全面抗争にエスカレートするだろう」

「会長の死には、関西の極道は関与してないだろうと言うのね？」

「そう思ってもいいだろうな」

「あっ、もしかすると……」

「竜門会は、ほかの暴力団と揉めてたのか？」

「横浜の港友会《こうゆうかい》とは、会社整理ビジネスの件でごたついてたみたいよ。それから、名古屋の中京会《ちゆうきようかい》ともテナントビルの占有権を巡って対立してたわね」

「その程度の揉め事《ゴタ》じゃ、どっちも内村の命《タマ》を奪《と》ろうとなんかしないよ。親分を殺《や》っちまったら、血の抗争になるだろうけど」

白戸が話に加わった。

「そうかしら？」

「おれは以前、本庁組対部にいたんだ。裏社会のことはよく知ってる。どの組織も内村殺しにはタッチしてないな」

「それなら、誰が会長を殺したんだろう？」

真央が玄関タイルを見つめながら、低く呟いた。

「内村は、あんたにぞっこんだったんだろ？」

「ええ、よくしてもらったわ」

「なら、かなり気を許してたな。シノギのこともいろいろ聞いてたんじゃないの？」

「おれたちに協力しないと、損だよ。あんたは親分の情婦《おんな》だったんだ。寝室には、護身銃や段平《だんびら》がありそうだな。ちょいと上がらせてもらうか」

白戸が靴を脱ぐ真似をした。真央が焦《あせ》った。

「ベッドの上にランジェリーなんかが散らかってるの。だから、上がらせるわけにはいかないんですよ」

「図星だったようだな。聞き込みに協力してくれたら、強引に上がり込んだりしない」

「わかったわ」

「内村を葬らせた奴に心当たりがありそうだな」

「ちょっと疑わしい人物がいます」

「それは、どこの誰なのかな？」

尾津は白戸を手で制し、真央に訊《たず》ねた。

「首都圏で急成長したディスカウントストアの『ハッピーマート』って知ってるでしょ？」

「知ってるよ。八十数店舗もあって、売上は右肩上がりらしいからね」

「社長の間宮克則《まみやかつのり》は五十二歳なんだけど、二十代のころは関東桜仁会城山組《おうじんかいしろやま》の組員だったらしいの。それで二十五のとき、殺人未遂罪で服役したんだって。九州から東京に遊びに来てたチンピラと喧嘩になったとかで、相手を椅子で十数回もぶっ叩いたそうよ」

「間宮は、どのくらい服役したのかな？」

「三年七ヵ月で仮出所できたみたい。間宮は足を洗うと、養子縁組で土居《どい》から間宮姓に変えて倒産品を安く売る商売をはじめたらしいのよ。間宮商会が『ハッピーマート』の前身なんだって」

「そうなのか。そこまでは知らなかったな」

「間宮は商才があるんでしょうね。ディスカウントストアとして年々、売上を伸ばして現在に至ったんだって。それには裏があるの。間宮は倒産品や在庫処分品を大量仕入れしてるだけじゃなく、新品の盗品を買い入れて安値で売ってるそうなの。故買《こばい》のことが世間に知れたら、『ハッピーマート』はたちまち信用を失うでしょう。下手したら、会社は倒産よね？」

「そうだな。内村は、間宮克則に犯歴があることと盗品を買い取ってる事実を恐喝の種《ネタ》にしたんじゃないのか？」

「そのあたりのことは、よく知らないの」

真央が狼狽気味に答えた。

「死んだ内村の罪名を増やそうなんて考えてない。だから、正直に話してくれないか」

「わかったわ。間宮は優秀な競走馬を十三頭も所有してて、数ヵ所の厩舎《きゅうしゃ》に預けてあるの。サラブレッドばかりで、一頭一億数千万円の値がついてるそうよ」

「あんたのパトロンは、間宮の所有馬を安く買い叩いてたんだな。そして、別の馬主に転売して利鞘《りざや》を稼いでたんじゃないのか。そうだよな？」

白戸が口を挟んだ。

「そうみたいね」

「間宮は犯歴と盗品を買い入れてることを知られたくないんで、名馬も安く手放すほかなかったんだろう。内村本人が『ハッピーマート』の社長を脅迫したのかい？」

「会長が動いたわけじゃないの。検察事務官をやってた多田さんが代理人として、サラブレッドを安く譲ってほしいと交渉したと聞いてるわ」

「何頭買い叩いたんだ？」

「九頭だったと思うわ。名馬の転売ビジネスで五、六億は儲けたはずよ。もっとも多田さんに二割の謝礼を払ったと言ってたから、実益はもっと少ないことになるわね」

「内村は名馬を十三頭そっくり安く手に入れるつもりでいたんじゃないのか？」

尾津は白戸よりも先に口を開いた。

「ええ、会長はそうするつもりでいたみたいよ。でも、全頭譲れと言ったら、間宮は開き直ったんですって。前科歴がバレてもいいから、知り合いの新聞記者に持ち馬を安値で買い叩かれたことを話すとキレたらしいの」

「で、内村は引き下がったのか。間宮は元やくざだったわけだから、逆襲する気になってもおかしくないな」

「間宮が会長を誰かに殺させたのかしらね。あっ、多田さんは何者かに大崎駅のホームから突き落とされたと警察は判断したというニュースがテレビに流れてた。会長と多田さんは、間宮に雇われた殺し屋に始末されたんじゃない？」

「競走馬を安く買い叩いたのは、いつごろのこと？」

「三年半ぐらい前の話よ」

「そう。名馬の転売ビジネスのことを東京地検特捜部の女検事に嗅ぎつけられたなんて言ってなかった？」

「会長、そんなことは言ってなかったわ」

「そうか。きみは、これからどうするつもりなんだい？」

「『アモーレ』のオーナーは会長になってるから、奥さんはわたしがママをつづけることを認めてくれないと思うわ。この借家からも出ることになりそうね」

「パトロンが故人になってしまったんだから、仕方ないな」

「そうね。気持ちが落ち着いたら、竜門会の縄張り内でミニクラブでも開くわ。会長に貰ったお手当で開業資金の都合はつくから」

真央が言って、ゆっくりと立ち上がった。

それを汐《しお》に、尾津たち二人は浅見宅を辞した。スカイラインは近くの路上に駐めてあった。

覆面パトカーに乗り込んでから、白戸が口を切った。

「間宮に本当に新聞記者《ブンヤ》の知り合いがいたとしたら、女検事はそいつから内村が九頭のサラブレッドを買い叩いたことを聞いてたのかもしれないな。尾津さん、どう思う？」

「そうだとしたら、久住詩織はその話が事実かどうか確かめてたんじゃないか」

「だろうね。確か『ハッピーマート』の本社ビルは四谷《よつや》三丁目の交差点の近くにあったな。屋上に派手なロゴマークが掲《かか》げられてる」

「おれも目にしたことがあるよ。間宮が本社にいるかどうかわからないが、四谷に行ってみるか。アポなしだが、少しは時間を割《さ》いてくれるだろう。車を出してくれ」

尾津はシートベルトを掛けた。

スカイラインが走りはじめた。ステアリングを捌《さば》きつつ、白戸が小首を傾げた。

「どうした？」

「三人の被害者に共通点があるのかどうか考えてみたんだよね。内村と多田は、間宮に前科歴があって盗品を買い入れてたことを知ってた。だけど、美人検事が新聞記者から間宮の秘密というか、弱みを聞いてたかは不明だよね？」

「そうだな」

「間宮が仮に殺された三人に自分の弱みを知られてたとしても、真っ先に久住詩織を抹殺する気になる？　動機が弱いんだよな」

「『ハッピーマート』で堂々と盗品を売ってることを美人検事に暴かれたら、事業は傾くんじゃないか」

「そっか。間宮には女検事の口を塞《ふさ》ぎたい理由はあるわけだ。内村と多田は消されても仕方ない悪事を働いたんだから、間宮に命を狙われるのは当然だろう」

「ああ。ただ、いまごろ多田と内村が消されたことが解《げ》せない」

「そうなんだよね。間宮が何者かに多田と内村を片づけさせたとしたら、なぜ、いまごろになってという疑問が残る」

「九頭の持ち馬を買い叩かれた直後に第三者に多田と内村を殺《や》らせたら、間宮は警察に怪しまれやすい。それだから、わざと時間が経《た》ってから憎い二人を誰かに葬らせたんじゃないか。そうとしか思えないな」

「間宮は当初、多田と内村を消す気はなかったんじゃないの？　どっちも少し厄介《やっかい》な相手だからさ。でも、その後、別の形で多田たち二人は間宮から金をせびろうとしたんじゃないのかな」

「そういうことがあったら、多田と内村の抹殺時期が遅くなった説明は一応つくね。三人の被害者に共通点はあるんだが、なんか釈然としないな」

「間宮克則はどの殺人事件にも関わってない？」

「そんな気がするんだが、まだわからないな」

尾津は口を閉じた。

道路は、やや渋滞していた。『ハッピーマート』の本社ビルに着いたのは、午後三時半過ぎだった。

尾津たちは覆面パトカーを路上に駐め、本社ビルのエントランスロビーに足を踏み入れた。受付で身分を告げ、間宮社長に面会を申し入れる。

尾津たち二人は受付嬢に案内されて、八階の社長室を訪れた。間宮は十人掛けのソファセットの横で待ち受けていた。

若いころに暴力団組員だった名残《なごり》は留《とど》めていない。実業家然としていた。いかにも仕立てのよさそうなスーツに身を包み、左手首にはパテックフィリップの腕時計を嵌《は》めている。

自己紹介が済むと、尾津と白戸は並んで坐った。間宮は尾津の前に腰かけた。

「コーヒーを運ばせましょうか。それとも、日本茶のほうがよろしいかな？」

「どうかお構いなく。社長の旧姓は土居さんでしたよね？」

尾津は言った。

「えっ⁉」

「殺人未遂罪で刑に服したことを調べさせてもらいました。仮出所後に養子縁組されて、現在の姓になられたんでしょ？」

「前科があると、何かと生きにくいんですよ。それで、遠縁の老夫婦の養子にしてもらったわけです。養父母はすでに他界しましたがね。ところで、ご用件は？」

「四年ほど前に持ち馬のサラブレッドを九頭、竜門会の内村会長に安く譲ることを強《し》いられましたね。交渉をしたのは、検察事務官をやってた多田忠彦だった。そうでしょ？」

「内村さんには相場で所有馬をお譲りしたんです。別に安く買い叩かれたわけじゃない」

間宮が言って、尾津の顔を直視した。不自然なほど見つめている。内心の狼狽を覚られまいとしているのだろう。

「社長、もうわかってるんですよ。犯歴や盗品を買い入れてることを多田と内村にちらつかされたんで、渋々、持ち馬を安く売らざるを得なくなったんでしょ？」

白戸が言った。

「わたしは盗品なんか仕入れたことないぞ」

「シラを切るつもりなら、その裏付《ウラ》けを教えてもいいけど。故買屋と社長の接点について喋りましょうか？」

「わたしは、まともなビジネスをしてる。後ろ暗いことは何もしてない。天地神明に誓ってもいい」

「そこまで言い切っちゃうと、逮捕状を裁判所に請求することになるな。こっちは捜査に協力してくれたら、盗品を買い入れたことは大目に見るつもりだったんですけどね」

「その話は本当なんですか？」

間宮が尾津に声をかけてきた。

「ええ。間宮さん、多田と内村の二人が死んだことはご存じでしょ？」

「多田のことは新聞で、内村の死についてはネットの速報で……」

「ストレートにうかがいます。あなたは多田と内村の死には絡んでないと言い切れますか？　もちろん、ご自分の手を汚したとはこちらは思ってませんがね」

「そういう訊き方は問題だな。わたしに前科があるからって、証拠もなしに容疑者扱いするのは行き過ぎでしょ！　人権問題ですよ」

「その通りですね。こちらを告訴しても結構ですよ。そうなれば、法廷で間宮さんの犯歴もマスコミの連中に知られることになるでしょうがね」

「き、きみはわたしを脅迫してるのかっ。刑事がそんなことをしてもいいのかね。やくざだって、むやみに他人《ひと》を犯罪者扱いしないぞ」

「違法捜査がよくないことはわかってます。悪事を重ねてきた多田と内村が殺されたのは、ま、自業自得でしょう。しかし、三年四ヵ月前に不幸な亡くなり方をした正義感の強い女性検事の事件を迷宮入りにするわけにはいかないんです。早く成仏させてやりたいんですよ。そのためなら、反則技を使うことも厭《いと》いません」

「その女性検事というのは、東京地検特捜部特殊・直告班に属してた久住詩織さんのことだね？」

「そうです。あなたは盗品を故買屋から買い入れてたことを久住検事に知られ、マークされてませんでしたか？」

「その女性検事がわたしの身辺を探ってたんではないかって!?　そう感じたことはまったくないね。久住という検事が帰宅途中に通り魔殺人の犠牲になったと報道されたとき、何か事件の裏にあると直感したんだ。もっと言えば、仕組まれた衝動殺人っぽいと思ったんだよ。被害者は東京地検特捜部の検事だったんだから、いろいろ内偵をしてたんだろう」

「あなたのことも調べてたと思われます」

「わたしが女性検事を誰かに殺《や》らせたんではないかと疑ってるのか!?」

「女検事殺しには関与してない？」

「わたしは久住検事はもちろんのこと、多田や内村も誰にも殺させてない。内村たち二人はぶっ殺してやりたいと思ったが、もう堅気なんだと憤《いきどお》りを必死に抑えたんだよ」

「長谷川宏司とは、まるで接点がなかったんですか？　美人検事を殺害した実行犯です」

「わたしの交友関係を気が済むまで洗えばいいさ。ダイレクトな繋がりはないし、間接的にも結びつきがないことが明らかになるだろう」

「あなたは三つの殺人事件には関与してないんでしょう。礼を欠いた質問をしたことが赦《ゆる》せないとおっしゃるなら、告訴されてもかまいません。ご協力、ありがとうございました」

尾津は白戸の太腿を軽く叩き、ソファから立ち上がった。すぐに白戸も腰を浮かせる。

二人は社長室を出て、エレベーターに乗り込んだ。路上駐車中のスカイラインに入ったとき、能塚室長から尾津に電話がかかってきた。

「特殊・直告班の有馬班長から、新たな情報を得られたよ。多田は検察事務官仲間二人に口外しないでくれと前置きしてから、手広く学校経営をしてる名取賢太郎《なとりけんたろう》、五十七歳と親交があると自慢してたらしいんだ」

「名取賢太郎は大物なんですか？」

「大物財界人の妾《めかけ》の子なんだよ、名取は。本妻は二人の娘を産んだんだが、男の子供は名取だけなんだ。そんなことで、父親は二号との間にできた名取をことのほか溺愛して、附属の私立女子中・高校、デザイン専門学校、英会話教室などの理事長に据えたんだ」

「そんな人物と多田は、どこで知り合ったんですかね？」

「名取賢太郎は妻子持ちながら、女好きで知られてる男なんだ。それからラスベガスにちょくちょく出かけてるようだから、秘密カジノあたりで二人は知り合って意気投合したんだろうな」

「そうなのかもしれませんね」

「尾津、間宮克則はどうだったんだ？」

「心証はシロですね。間宮は捜査対象者から外してもいいと思います」

「多田は名取賢太郎の私生活の乱れを知って、竜門会の内村会長とつるんで大物財界人の隠し子から口止め料を何度もせしめてたんじゃないのか？」

「考えられますね、それは」

「名取は二人に際限《さいげん》なく無心されることに耐えられなくなって、犯罪のプロに多田と内村を片づけさせたのかもしれないぞ」

「美人検事はコンビを組んでた多田の悪事に気づいて密かに調べてた。そして、名取が何か犯罪に手を染めてる事実を知ってしまったんじゃありませんか？」

「そう考えれば、三人の被害者が命を狙われた理由づけはできるな」

「ええ」

「いったん分室に戻って、名取賢太郎に関する情報を集めてみるか」

「そうしますか。それでは後ほど！」

尾津は電話を切って、白戸に室長の話を伝えはじめた。

4

検索をかけた。

尾津は、ノートパソコンのディスプレイを覗き込んだ。

分室の自席である。間宮の会社からアジトに戻って間がなかった。

ウィキペディアには、名取賢太郎に関する情報が書き込まれていた。顔写真も掲げられている。顔立ちは整っていた。ハンサムだ。

名取は、お嬢さん学校で知られる聖華《せいか》女子中・高校をはじめ、デザイン専門学校と英会話教室の理事長を務めていた。

経歴を見る。名門私大を卒業した名取は三年間だけ大手商社に勤務し、その後は学校経営に携わっている。聖華女子中・高校の前理事長から経営権を譲り受け、数年後にデザイン専門学校と英会話教室を開いたのである。莫大な事業資金は、実父の志賀辰之助《しがたつのすけ》が提供したにちがいない。

志賀は大手製紙会社の創業者の孫で、現在、九十一歳だ。祖父から引き継いだ会社の会長と社長を兼務している。

尾津は、雑誌のグラビアを見て志賀の顔を知っていた。若々しく、髪も豊かだ。隠し子の名取と容貌はあまり似ていない。名取は母親似なのだろう。母親の個人情報はまったく書き込まれていない。他界しているのか。

尾津は、聖華女子中・高校のホームページを開いてみた。港《みなと》区内にあるミッションスクールの校舎は洋風建築で、礼拝堂を有している。生徒の多くは良家の子女なのだろう。デザイン専門学校は千代田区内にあった。オフィスビルの谷間にある校舎は六階建てで、もう新しくない。学生数は、およそ八百人だ。

英会話教室は、首都圏に四十二校ある。講師の大半は、英語圏出身の白人だ。有色人種は二十人にも満たない。

ノートパソコンを閉じたとき、本家の大久保係長が分室に入ってきた。プリントアウトの束を持っている。大久保は部下たちに名取賢太郎の個人情報を集めさせていたのだ。

「大久保ちゃん、悪いね。部下たちによろしく伝えてくれないか」

能塚が本家の係長に軽く頭を下げた。大久保がにこやかにうなずいて、分室の四人に手早くプリントアウトを配った。

「内村の事件《ヤマ》の捜査に大きな進展はないんだね？」

能塚が大久保に確かめた。

「そうなんですよ。犯人たちが逃走に使ったエスティマは国会議事堂の真裏に乗り捨てられてたんですが、加害者のものと思われる指掌紋は一つも出なかったんで、身許の割り出しができてないようです」

「ダーツにも指紋《モン》は付着してなかったんだったな」

「ええ。白色ワセリンで塗り固められてた亜砒酸と青酸カリの粉の出所も不明です」

「内村は毒が回る前にショック死したと司法解剖ではっきりしたから、ほとんど苦しまなかったはずだ」

「そうでしょうね」

「内村はさんざん悪いことをしたんだから、苦しみながら、くたばるべきだよ」

「過激なことをおっしゃる」

大久保がにやにやしつつ、分室から出ていった。

「みんな、プリントアウトをしっかり読み込んでくれ」

室長が部下たちに言って、視線を落とした。

尾津は、名取の個人情報を頭に叩き込みはじめた。聖華女子中・高校、デザイン専門学校、英会話教室本部にはそれぞれ理事長室があるが、名取はふだんは銀座二丁目にある個人事務所に通っているようだ。

自宅は目黒区柿《かき》の木坂《きざか》一丁目にある。妻の姿子《しなこ》は五十三歳で、元民間放送のアナウンサーだ。ひとり息子の春馬《はるま》は、ハーバード大学の大学院に留学中だった。二十四歳である。

名取は結婚した直後から、数多くの女性と浮名を流してきたようだ。関わりのあった女性の名が列記されている。

そのうちのひとりの花輪朋美《はなわともみ》が三年十カ月前に失踪し、いまも消息不明だった。失踪時、三十三歳だった花輪はジュエリー・デザイナーとして活躍していたらしい。

「デザイン専門学校の理事のひとりに内村亜弥がいるな。殺された内村理事長の妻の名前と同じだ。単なる同姓同名なんだろうか」

勝又が驚きの声をあげた。その語尾に、白戸の言葉が被さった。

「英会話教室の理事に、多田学《まなぶ》がいるな。もしかしたら、多田忠彦の兄弟か従兄弟《いとこ》なのかもしれないよ」

「えっ」

尾津はプリントアウトの文字を読み返した。勝又と白戸の言った通りだった。

内村と多田は名取の弱みの証拠を摑み、身内をデザイン専門学校や英会話教室の〝理事〟にさせて高額の報酬を得ていたのではないか。おそらく名取は、花輪朋美という愛人の失踪に絡んでいるのだろう。

「名取賢太郎は朋美という愛人と痴話喧嘩をして、三年十ヵ月前に誤って殺しちまったのかもしれないな。尾津、どう思う?」

能塚が意見を求めてきた。

「愛人を殺したかどうかはわかりませんが、名取は花輪朋美の失踪について何か知ってそうですね。多分、犯罪になるようなことをしたんでしょう」

「そのことを多田と内村に知られて、名取は二人の縁者をデザイン専門学校と英会話教室の〝理事〟にさせられたんだろう」

「能塚さんの推測と同じですよ、おれも」

尾津は言って、白戸と勝又を等分に見た。

二人が相次いで顎を引く。

「多田と内村は勝手に血縁者や妻の名を借りたんだと思うよ。そのあたりのことは、おれと勝又が調べるよ。尾津と白戸は、花輪朋美の周辺の者に会って失踪前のことを探ってみてくれないか」

能塚がそう言い、緑茶を啜《すす》った。尾津はうなずき、またもやプリントアウトに目をやった。

花輪朋美は横浜出身で、実家には両親だけしか住んでいない。二つ下の弟の仁成《ひとなり》はIT企業に勤めている。その勤務先は六本木にあった。

「まず花輪朋美の弟に会ってみよう」

尾津は白戸に言い、椅子から立ち上がった。白戸が倣う。

二人は分室を出て、エレベーターホールに急いだ。覆面パトカーに乗り込み、六本木に向かう。

二十分そこそこで、目的地に着いた。外資系のIT企業は六本木四丁目にあった。有名ホテルの前と横にオフィスビルがそびえている。花輪仁成は、ホテルの真ん前のビルで働いているはずだ。

尾津たちは来客用の地下駐車場にスカイラインを駐め、一階の受付ロビーに上がった。刑事であることを明かし、花輪に面会を求める。

二十三、四歳の受付嬢が内線電話をかけた。遣《や》り取《と》りは短かった。

「花輪はすぐに参りますので、あちらでお待ちください」

受付嬢が応接ロビーを手で示した。ソファセットが四組置かれているが、無人だった。

尾津たちはエレベーターホールに最も近いソファセットに歩み寄り、並んで坐った。

少し待つと、花輪仁成がやってきた。上背があって、賢そうな面立《おもだ》ちだ。尾津と白戸はほぼ同時に腰を浮かせ、警察手帳を呈示した。

花輪は深く腰を折って、来訪者を先に着席させた。少し迷ってから、彼は尾津の正面に腰を落とした。

「姉のことで、警察の方にはご迷惑をおかけしています」

「お姉さんの安否《あんぴ》が気がかりだよね」

尾津は意図的《いとてき》にくだけた喋り方をした。改まった話し方だと、一般市民の緊張感は緩《ゆる》まない。

そのことで、新たな情報を聞き出せない場合がある。相手は年下だ。失礼にはならないだろう。

「姉の朋美が行方をくらまして、もう三年十カ月が経ってしまいました。両親は、すでに姉はこの世にいないのではないかと半ば諦めかけています」

「どこかで生きてるかもしれないよ。お姉さんは、家族には打ち明けにくい問題を抱えてたんじゃないだろうか」

「これまでの聞き込みでも申し上げましたが、姉はジュエリー・デザイナーとして自立できてましたし、クライアントの宝飾店の方たちとは何もトラブルは起こしてなかったんです。収入だって、OLの七、八倍の年収は得てました。悩むことなんかなかったはずなんですけどね」

「言いにくいことなんだが、朋美さんは妻子のある男性と不倫関係にあった」

「姉が失踪するまで、父母もぼくもそのことは知りませんでした。姉は二十六のときに磯《いそ》子《ご》の実家を出て、麻布十番《あざぶじゅうばん》のマンションで独り暮らしをしてましたから」

「なぜ、お姉さんは独り暮らしをする気になったんだろうか。そのあたりのことはご存じなのかな？」

「都内に住んでたほうが仕事をしやすいから、実家を出る気になったんでしょう。その前に姉は、美大のころから交際してた売れない彫刻家と別れたんですよ。そんなことで、仕事に打ち込む気になったんでしょうね」

「そうなんだろうか」

「姉が名取賢太郎という学校経営者とつき合ってたなんて驚きでした。年齢差が大きすぎますからね。相手が経済的に豊かだからって、姉が五十過ぎの妻子持ちに色目を使うとは考えられません。打算的な生き方を嫌ってましたから」

「名取にうまく口説かれたんだろうな。元カレと別れて仕事に打ち込んでても、ふっと寂しくなるときもあるだろうから」

白戸が話に加わった。

「そうだったのかもしれませんね。姉は不倫に対してはあまりよくないイメージを持ってたでしょうから、相手を好きになってはいけないと必死にブレーキをかけたと思います」

「そうだろうな。だけど、恋愛感情は理性で捩《ねじ》伏せることはできない。お姉さんは、名取賢太郎の大人の魅力に加速度的にのめり込んじゃったんでしょう」

「多分、そうなんでしょうね」

「金を持ってる五十男は、若い女を虜《とりこ》にする術《すべ》を心得てるはずだ。ベッドで相手を悦《よろこ》ばせるテクニックもあるだろうしな。そうなったら、なかなか別れないんじゃないの？」

「それは……」

花輪が顔をしかめた。尾津はテーブルの下で、白戸のでかい靴を踏みつけた。白戸が頭に手をやる。

「連れが失礼なことを言ったが、勘弁してやってください。ところで、お姉さんがいなくなってから、ご両親かきみが名取さんに会ったと思うんだが……」

「最初に父と母が名取氏に会いました。姉とは大人同士の割り切った関係だったので、なんのトラブルもなかったと言い張ったそうです」

「それで、ご両親は納得されたのかな？」

尾津は訊いた。

「いいえ。姉はそんなドライな性格ではないんです。不倫に悩みながら、別れるきっかけを探してたんでしょう。ぼくはそう思ったんで、両親には黙って名取氏のオフィスを訪ねたんですよ」

「名取さんは、きみにはどう答えたのかな？」

「父母に言ったことと同じ返答でした」

「そう。名取さんの様子はどうだったんだろう？」

「なぜか、ぼくとあまり目を合わせようとしませんでしたね。それで、姉の不倫相手は何か隠したがってるんではないかと感じました」

「そう」

「推測や臆測で物を言ってはよくないんですが、姉は名取氏に別れ話を切り出したんじゃないのかな。でも、向こうにはまだ未練があった。そんなことで話し合いは平行線のままに終わってしまった」

「で？」

「姉は決着をつけられなかったことで自己嫌悪に陥《おちい》って、発作的というか、衝動的に自ら姿をくらます気になったのかもしれません。麻布十番の部屋から大事な物は何も持ち出してませんから、どこかで死ぬ気だったんでしょう」

「マンションはご両親が二年前に引き払ったみたいだね、捜査資料によると」

「ええ、そうなんです。それまでは、父が家賃と管理費を払ってたんですよ。姉がいつでも自分の部屋に戻ってもいいようにね」

花輪が声をくぐもらせ、下を向いた。

「しかし、姉さんはいっこうに自宅マンションに帰ってこなかった。それで、お父さんは娘の部屋を引き払ったわけだ」

「ええ」

「部屋の荷物は、そっくり磯子の実家に運ばれたようだね？」

「その通りです。姉が使ってた部屋にそっくり置いてあります。家族で荷物をチェックしてみたんですが、失踪に結びつきそうな物は何も発見できませんでした」

「きみの推測に反論するようだが、名取さんは若いころから浮気癖があったことが別の捜査員の調べで明らかになったんだ」

「女にだらしがなさそうだという印象は受けましたが……」

「妻子持ちながらも浮気を重ねてきた男が、本気で不倫相手に惚れたとは思えないんだ。残酷な言い方になるが」

「要するに、ぼくの姉は上手に遊ばれたということですね？」

「そう考えられるな、客観的には。お姉さんはピュアな人間なんで、女たらしの甘い言葉を疑ってなかったんだろう。しかし、少しずつ名取さんの不誠実な面が見えてきた」

「だから、姉は名取氏に別れたいと切り出したんでしょうか」

「それも考えられなくはないが、姉さんは不倫相手に弄《もてあそ》ばれたことを感じ取って、名取さんに落とし前をつけろと迫ったのかもしれないな」

尾津は言った。かたわらの白戸が同調する。

「それ、考えられるな。女はいざとなったら、強《したた》かさや勁《つよ》さを発揮する。軽い気持ちで誘惑されたと感じたら、冗談じゃないと腹を立てたとしてもおかしくない」

「姉はそんなふうには居直れないタイプですよ」

「おたく、あまり女遊びをしてないな。純情そうに振る舞ってても、女たちの本性はきついぜ。姉さんは名取賢太郎に離婚を迫ったとも考えられるな」

「そ、そんなことは……」

「あり得ない話じゃないと思うよ」

「そうだとしたら、姉は名取氏と派手に口論したんですかね？」

花輪が尾津の顔を見た。

「きみの姉さんが離婚して自分と再婚してほしいと真剣に迫ったら、名取さんは焦《あせ》るだろうな。妻と別れる気はないのに、浮気をしつづけてきたんだろうから」

「姉はまっすぐな性格ですから、名取氏が誠意を見せないようだったら、奥さんに不倫のことを話すと息巻いたのかもしれませんね」

「そうだったとしたら、名取さんがきみの姉さんを殺害した疑いもあるな。捜査資料によると、朋美さんが姿を消した日、名取さんは微熱があるんで、柿の木坂の自宅で終日過ごしてたと供述してる」

「そのことは別の刑事さんからうかがいました。名取氏のアリバイを立証したのは、奥さんひとりだけだという話でした。家族の証言だけでは、厳密にはアリバイが成立したことにはならないんでしょ？」

「そうなんだ。身内や友人に口裏を合わせてもらった疑いがあるからね」

「もしかしたら、名取氏は姉を人のいない場所に誘い込んで……」

「殺害して、その遺体をうまく処分したと疑えないこともないね」

「そうだったら、ぼくは名取賢太郎を殺して命を絶ちます。姉は子供のころから、ずっとぼくを庇《かば》ってくれてたんです。弟思いだったんですよ」

「いまの法律では、どんな理由があっても仇《あだ》討ちは赦《ゆる》されないんだ。ばかなことは考えないことだね。きみが復讐殺人なんかやらかしたら、両親が悲しむぜ」

「そうですが、このままでは癪《しゃく》でしょ？」

「姉さんが名取さんに殺されたと判明したわけじゃないんだ。冷静になれよ」

尾津は言い諭《さと》した。

「は、はい」

「朋美さんと最も親しくしてた女友達は、佐竹《さたけ》あずささんに間違いないんだね？　捜査資料には、そう記述されてるんだ」

「ええ、そうです。佐竹さんは美大時代からの親友で、ぼくも何度か会ってます。十年ぐらい前に広告代理店に勤めてる方と結婚して、いまは専業主婦になってます」

「そうみたいだね。佐竹さんからも再聞き込みをさせてもらうよ。仕事中に悪かったね」

「いいえ。姉の安否だけでも確かめてくださいね。お願いします」

花輪が立ち上がって、深々と頭を垂れた。

尾津たちコンビは地下駐車場に下《くだ》り、覆面パトカーに乗り込んだ。白戸の運転で、杉並区の永福町《えいふくちょう》に向かう。

佐竹あずさの自宅を探し当てたのは、三十数分後だった。建売住宅らしく、同じような造りの二階家が六棟並んでいる。

佐竹宅は左から二番目だった。

白戸がインターフォンを鳴らす。朋美の親友が応答した。尾津は警視庁の刑事であることを告げ、捜査に協力を求めた。

「子供がいるんで、そちらに行きます」

スピーカーが沈黙した。

待つほどもなく佐竹あずさがポーチから現われた。ショートヘアで、カジュアルな恰好をしている。個性的な顔立ちの美女だった。

「花輪朋美さんの失踪前のことを改めて聞かせていただきたいんですよ」

尾津は名乗ってから、低い門扉《もんぴ》越しに声をかけた。

「知ってることは、すべて話してます」

「でしょうね。幾つか確認させてください。あなたは、花輪朋美さんが名取賢太郎さんと不倫の関係にあることを四年数カ月前に知ったんでしたね？」

「ええ、そうです。朋美に打ち明けられたんですよ。六本木のスポーツクラブで一緒にスカッシュをやったことがきっかけで、名取さんに食事に誘われたようです。だいぶ年上で既婚者だったんで、最初は恋愛対象とは見てなかったと言ってました」

「しかし、何度かスカッシュでボールを打ち合ってるうちに次第に相手を異性として見るようになったんだろうな」

「朋美自身も、そう言ってました。美大のころから交際してた彼氏と別れた後だったんで、大人の男に魅《み》せられてしまったんだと思います。彼女、モラリストだったんですよ。だから、不倫に終止符を打たなければと思ってたにちがいありません。しかし、寂しさを埋めてくれる男性から遠ざかるのは難しかったんでしょうね」

「名取さんとの関係は、ずるずるとつづいてたわけだ」

「みたいですよ」

「朋美さんは相手に離婚を迫ったことがあるんですかね？」

「そんなことはなかったはずです。彼女、名取さんの奥さんに申し訳ないと後ろめたさを感じてたようですから。でも、あれで気持ちが変わったのかしら？」

「あれ？」

「彼女、失踪する一ヵ月前に妊娠したことに気づいたんですよ。もちろん、名取さんの子です。朋美は望まれぬ子供を産むのは罪深いから中絶するつもりだと言ってたんだけど、ためらいがあって、ひとりで思い悩んでたのかもしれませんね」

「身を隠して、どこかでシングルマザーになってるんだろうか」

「その気だったんなら、何も姿をくらますことはないでしょ？　名取さんには内緒で転居して、赤ちゃんを産めばいいわけですから」

「しかし、身内に転居先を黙ってるわけにはいかないでしょ？　そうしたら、名取さんにいずれ引っ越し先を知られてしまう」

「あっ、そうですね。朋美はお腹の子を産むと言い張ったんで、名取さんを焦らせたのかしら？　不倫相手に力ずくで中絶手術を受けさせられるかもしれないと考え、彼女は身を隠すことにしたんでしょうか。それなら、子供と一緒にきっとどこかで生きてるにちがいありません」

「そうだといいですね。ご協力に感謝します」

「ご苦労さまでした」

佐竹あずさが犒《ねぎら》いの言葉を口にした。

尾津たち二人はスカイラインに乗り込んだ。白戸がエンジンを始動させてから、声を発した。

「花輪朋美は何がなんでも腹の子を産んで女手ひとつで育てると言い張って、名取賢太郎を困らせたんじゃないの？　名取は自分が大物財界人の愛人の子供なんで、朋美がシングルマザーになることを強硬に反対した。二人は烈《はげ》しく言い争ったんじゃないのかな。その弾みで、名取は朋美を死なせてしまったのかもしれないよ」

「そして、朋美の亡骸《なきがら》をコンクリート詰めにし、海か湖の底に沈めた？」

「考えられなくはないでしょ？」

「そうだな。多田と内村はそのことを知って、名取が経営してるデザイン専門学校や英会話教室の理事に強引に身内を就任させて、高額の報酬を受け取らせてた。おまえは、そういうふうに筋を読んだんだな？」

「うん、そう。美人検事は相棒の多田の私生活を探ってて、名取が不倫相手の花輪朋美を殺害したことを知ってしまった。それだからさ、名取が雇《プロ》った長谷川宏司に消されちまったんじゃないの？　おそらく多田と内村も、名取が殺し屋に片づけさせたんだろうね」

「そうなんだろうか」

尾津は短く応じた。そのすぐ後、能塚から尾津に電話があった。

「内村の女房は、自分がデザイン専門学校の理事になってることを知らなかったよ。旦那が勝手に妻の名を使ったんだな」

「でしょうね。それから英会話教室理事の多田学は、死んだ検察事務官の血縁者だったんでしょ？」

「学は父方の従弟《いとこ》で、多田より五つ若いんだ。多田には名義を貸してやってただけらしい。毎月十万円の謝礼を口座に振り込んでもらってたそうだよ。多田と内村が名取賢太郎の弱みを握って身内を理事にして、口止め料をせしめてたにちがいないな。おそらく久住詩織も名取の致命的な秘密を知ってしまったんで、長谷川に刺し殺されたんだろう」

「名取は不倫相手を殺害したのかもしれません」

尾津は、佐竹あずさから聞いた話を伝えはじめた。

第五章　透《す》けた裏の貌《かお》

1

男の怒鳴り声が聞こえた。

名取の個人事務所の中からだ。銀座の貸ビルの五階である。

尾津たち二人は佐竹あずさの家を辞し、名取のオフィスに回ったのだ。午後七時十分前だった。

尾津は白戸と目でうなずき合って、スチール・ドアに耳を寄せた。

「名取理事長、冷静に話し合いましょうよ」

「気やすく理事長なんて呼ぶな。きみは、もう聖華女子高の英語教師じゃないんだ。一カ月前に解雇したじゃないかっ」

「不当解雇でしょ！　わたしが思想的に偏《かたよ》った教育をしたなんて言いがかりですよ」

「きみが授業をしばしば脱線させて、現政権の批判をしてたことは教頭や学年主任から報告を受けてたんだよ」

「そんな事実はありません」

「穂積《ほづみ》、退職金に色をつけてやるところは温情をかけてやったんだ。思想や言論の自由まで奪う気はないよ。きみがリベラルな考えの持ち主であっても、それは尊重すべきだと考えてる。しかし、なんの色にも染まってない生徒たちを洗脳されたくないんだ」

「わたしは授業中に何度か無駄話をしましたが、理事長がおっしゃったようなことは一遍《いっぺん》もしてません」

「教頭が密かに授業中のきみの音声を録音してあるんだよ。きみが労働者ユニオンを味方につけて解雇撤回を求めつづける気なら、法廷で争おうじゃないか。わたしは受けて立つぞ」

「わたしは、ずっと聖華女子高で教えたいだけなんです。解雇通告を引っ込めていただければ、裁判なんか起こす気はありません」

「それはできない。他校の英語教諭にはなれないだろうが、学習塾の講師にはなれるんじゃないのか。そのほうが精神衛生にはいいはずだよ」

「わたしを追放したいのは、一年B組にいた鮎沢留衣《あゆさわるい》が自宅で三月末に感電自殺したことと無縁じゃないんでしょ？」

「きみは何を言ってるんだ⁉」

「鮎沢は素行不良で、英語のリーダーも赤点でした。わたしは彼女に追試を受けさせ、二年に進級させてやるつもりでいました。鮎沢のクラス担任とも、そうしようと話し合ってたんですよ。ところが、鮎沢は追試を受ける気はないと言ってきました。理事長、思い当たることがありますよね？」

「別に思い当たることはない」

「鮎沢はね、理事長の個人指導を受ければ、問題児でもスムーズに進級できると言ってたんですよ。しかし、彼女は二年生にはなれなかった。鮎沢は進級できなかったことを苦にして、死を選んだんでしょう。遺書はなかったそうですがね」

「その生徒が自死したことは校長から報告を受けたが、口を利いた記憶もない。そんな生徒に個人指導云々《うんぬん》なんて言うはずないじゃないか。言うに事欠《か》いて何を言ってるんだっ。不当解雇だと思ってるんだったら、提訴したまえ」

「理事長が徹底抗戦の構えなら、わたしもあなたの仮面を剝《は》いでやります」

穂積と呼ばれた男が反撃に出た。

「仮面を剝ぐだと⁉」

「そうです。あなたは篤志家として知られてますが、その素顔は紳士なんかじゃありません。私生活は爛《ただ》れきってる。理事長の数々のスキャンダルが表沙汰になったら、聖華女子中・高校の生徒の保護者たちは次々に子女を転校させるでしょう」

「元教師なのに、やくざみたいなことを言うんだな。呆れたね。きみを解雇したのは正解だったよ。穂積、帰れ！　居坐るつもりなら、一一〇番するぞ」

名取が声を尖《とが》らせた。穂積が退散する気配が伝わってくる。

尾津は白戸に目配せして、エレベーターホールに足を向けた。二人がホールにたたずんだとき、名取のオフィスのドアが開いた。

三十代半ばの細身の男が姿を見せた。穂積だろう。眼鏡をかけ、前髪を額に垂らしている。昔の文学青年を想《おも》わせる風貌だ。

「一階ロビーに降りてから、解雇された男に声をかけよう」

尾津は白戸に低く言い、下降ボタンを押し込んだ。

ほどなく函《ケージ》の扉が左右に割れた。尾津たち二人はケージの中に入った。穂積と思われる男が急いでエレベーターに乗り込んだ。ケージが下《くだ》りはじめる。

一階ロビーに着いた。尾津はエントランスロビーで、眼鏡をかけた男に話しかけた。

「失礼ですが、聖華女子高で英語を教えてらした穂積さんですね？」

「はい、穂積享《とおる》です。あなた方は？」

「警視庁の者です」

「えっ」

　穂積が驚きの声を洩らした。尾津は警察手帳を見せた。

「ちょっと捜査に協力してもらえませんか。名取さんがある事件に関係してるかもしれないんで、内偵中なんですよ」

「そういうことでしたか。安心しました」

「ここで立ち話をしてると、人目につきます。すぐ近くに捜査車輌を駐めてありますんで、そちらで……」

「わかりました」

「先に行ってます」

　白戸が尾津に断って、貸ビルから走り出た。尾津は穂積と肩を並べて歩き、スカイラインの後部座席に乗り込んだ。すでに白戸は運転席に腰かけていた。

「ドア越しに名取さんとあなたの遣《や》り取《と》りが響いてきました。穂積さんは不当に解雇されたことに怒ってましたね」

「わたし、本当に生徒たちを教室で煽動《せんどう》なんかしてないんですよ。子供たちがダレてきたころに、わざと興味を示しそうな余談をすることはありましたが……」

「三月に自室で感電自殺したという生徒の話は事実なんですね？」

尾津は確かめた。

「鮎沢留衣がわたしに喋ったことは、作り話なんかじゃないと思います。理事長の個人指導を受ければ、どんなに素行や成績が悪くても進級できるから追試験を受ける必要はないと言ってたんです」

「名取さんは学校経営者だから、そういうことをやれる権限があるんだろうな。校長や教頭がどんなに反対しても、自分の力で生徒を進級させたり卒業させるのは可能なんでしょう。教職員は雇われてる側ですからね」

「ええ。私学の一貫校の理事長はだいたい現場の教師の方針を尊重してくれてるようですが、名取さんはワンマンそのものなんです。気に入らない教職員はもっともらしい理由をつけて、平気で追い出してきました」

「学校経営者には向かないタイプのようですね」

「そうなんですよ。ですが、単なる会社経営よりもイメージがいいでしょ？」

「ええ、まあ」

「刑事さんたちはもうご存じかもしれませんが、名取理事長の父親は財界の大物なんですよ。名を知られた志賀辰之助が愛人に産ませた子供が名取さんなんです。実子として認知はしてもらえなかったようですが、かわいがられてきたみたいですね。それだから、わがままな人間になってしまったんでしょう」

「名取の母親は存命なんですか？」

「いいえ、二年ほど前に病死しました。名取君江《きみえ》という名で、若いころは新橋《しんばし》の芸者だったそうです。志賀辰之助に囲われるようになった翌年、名取理事長を産んだという話でした。和風美人で、肌が抜けるように白かったですね」

「そうですか。話を元に戻しますが、名取さんは姿子夫人と一緒になってからも浮気を重ねてたらしいですね？」

「理事長の女好きは、一種の病気でしょう。ちょっと目を惹《ひ》く女性には必ず言い寄ってましたからね。確証はありませんけど、独身の美人教師の何人かは口説かれたと思います。そういう先生は微妙に態度が大きくなるんで、すぐにわかっちゃうんですよ。でも、一年か二年で棄《す》てられて学校を辞めていきます」

「クラブホステスなんかも愛人にしてたんだろうな」

白戸が話に割り込んだ。

「それは何人もですよ。名取理事長は女教師を口説くことに飽きると、聖華女子中・高校の生徒たちに目をつけはじめたんです。素行や成績の悪い生徒を個人指導と称して、どこかに呼びつけて……」

「いかがわしい行為に及んでるのか。とんでもない理事長だな」

「証拠を摑んだわけじゃありませんが、そういう噂が七、八年前から教職員の間に立ってたんです。問題児だった鮎沢留衣は理事長のベッドパートナーを務めて、二年生に進級したいと考えてたんでしょう」

「だけど、名取にアブノーマルなことを要求されて拒んだ。それだから、進級させてもらえなかったんじゃないのかな。あるいは、さんざん弄ばれたんだけど、二年生にしてもらえなかった。後者だとしたら、名取は悪質だな」

「そのあたりのことはわかりませんが、鮎沢はわたしに理事長の個人指導を受けると喋ってしまった。それだから、わたしを追い出さないとまずいと考えたんでしょう。不当解雇の理由は、それしか思い当たりません」

穂積が長嘆息《ちょうたんそく》した。尾津は白戸よりも先に口を開いた。

「鮎沢留衣って娘《こ》の遺書はなかったと言ってましたよね？」

「ええ。鮎沢の納骨が終わった翌日、わたし、彼女のお母さんに会いに行ったんですよ。

自殺する前夜、鮎沢は理事長が汚いという意味の言葉を呟いたらしいんです」

「ということは、留衣という娘《こ》は名取理事長の要求は呑んだんでしょう。それにもかかわらず、進級させてもらえなかったわけか」

「鮎沢は数学と化学も赤点ぎりぎりでしたし、隠れ煙草で二度も停学処分を受けてたんです。ほかの生徒への影響を考えて、名取理事長は鮎沢を進級させないことにしたんでしょうね」

「十代の娘の体を弄んでおいて進級させないなんて卑怯《ひきょう》だ。汚すぎる」

「わたしも、そう思いますよ。鮎沢の無念を晴らしてやろうと考え、わたし、進級や卒業が危ぶまれた生徒たちを訪ね回ったんです。ですけど、理事長から体を求められたと証言してくれた者はひとりもいませんでした」

「ま、当然でしょうね。穂積さんは、名取さんの愛人だったジュエリー・デザイナーが三年十カ月前に謎の失踪をしたことをご存じですか？」

「そのことは知りませんでした。行方がわからなくなった理事長の愛人は、どこかで殺されてたんですか？　そうなんですね。それで、理事長は疑惑を持たれたんでしょ？」

「なぜ、そう思われたんです？」

「妙な噂を耳にしたことがあるんです。五年ぐらい前のことなんですけど、名取理事長と不倫関係にあったデザイン専門学校の女性事務員が怪死したんですよ。その彼女は歩道橋の階段から転げ落ちて死んだんですが、ヒールの高い靴を履《は》いてたわけではありませんでした。踵《かかと》の低いパンプスを履いてたらしいんですよ。夜でしたが、雨も降ってませんでした」

「その女性事務員は、いつもパンプスを履いてたんだろうか」

「妊娠二ヵ月半になってたんで、パンプスを履くようにしてたみたいですね。その女性事務員は三十歳前後で離婚歴があって、経済的にだいぶ苦労したみたいなんです。噂によると、彼女は理事長の子を産んで養育費をたっぷり出させる気でいたようです。名取理事長はリッチなはずですが、隠し子がいたら、何かと都合が悪いでしょ？」

穂積が言った。

「あなたは、名取さんが愛人の事務員を歩道橋の階段から突き落として死なせたと疑ってるんですね？」

「ええ、まあ。理事長は口説くまでは女性に優しく接してますが、根は冷たい人間ですからね。つき合ってた女性が邪魔になったと思えば、迷うことなく葬ってしまうんじゃないかな。そう思います」

「理事長は私生活のことで、やくざと悪徳検察事務官につけ込まれたようなんですよ」

「えっ、そうなんですか⁉」

「脅迫者たちが聖華女子中・高校に乗り込んできたことは？」

「そういう男たちを見かけたことはありませんが、系列のデザイン専門学校と英会話教室の理事に馴染みのない方が名を連ねてましたんで……」

「名取理事長は、脅迫者と関わりのある人間をそれぞれ仕方なく理事にしたのではないかと思ったんですね？」

「ええ、そうです」

「脅迫者のひとりは、竜門会の内村会長と思われます」

「あっ、その男はこないだ首に毒矢を射《い》られて死んだんですよね？」

「そうです。もうひとりは多田という名の検察事務官で先日、何者かに大崎駅のホームから突き落とされて電車に撥ねられて亡くなりました」

「理事長を強請ってた二人が殺害されたわけですか。名取理事長が第三者に始末させたのかもしれないな」

「その疑いはありますね。三年以上前に東京地検特捜部の女性検事が名取さんの周辺を嗅ぎ回ってませんでした？　若い美人検事なんですが……」

「そういう女性を見かけたことはありませんね。その方は、多田という検察事務官とはどうった関係だったんでしょう?」

「美人検事は多田とコンビを組んでたんです。相棒の多田が竜門会の内村会長とつるんで悪事を働いてる証拠を押さえようとしてたようなんですよ」

「その女性検事も、誰かに殺害されてしまったんですか?」

「ええ、そうです。三年前の二月七日の夜、帰宅途中に刺殺されたんです。加害者の男は逃走中に崖から落ちて脳挫傷を負い、現在も意識が戻ってません。衝動殺人に見せかけた犯行だったんですが、仕組まれた計画的な殺人事件だったと思われます」

「刺殺事件の加害者は名取理事長に頼まれて、女性検事を殺した疑いがあるんですね?」

「これ以上詳しいことは教えられませんが、その疑惑はあります。しかし、まだ状況証拠しか押さえてませんので、任意同行を求めることは控えてるんですよ」

「それだから、内偵捜査をしてらっしゃるんですね。名取理事長は子供みたいにわがままで、典型的なエゴイストだから、自分が追い込まれたら……」

「不都合な人間を次々に亡き者にするかもしれない。あなたは、そう思ってるんですね?」

「ええ。もちろん、理事長が直《じか》に自分の手を汚すことはないでしょうけど」

「そうでしょうね。話は飛びますが、最近、名取さんが入れ揚げてる女性をご存じです

「噂ですんで、真偽はわかりませんが、英会話教室で講師をしてたキャッシー・マッカラムというアメリカ人女性を囲ってるみたいですよ。ブロンド美人で、二十五だったかな。セクシーだそうです」

「そうですか。その金髪女性がどこに住んでるかまではわからないでしょうね？」

「高輪《たかなわ》の高級マンションに住まわせて、理事長は週に一、二度通ってるという話でした。住所やマンション名まではわかりませんけど」

「大変役に立つ話を聞けました。ありがとうございました」

「いいえ、どういたしまして」

「不当解雇だと思われてるんだったら、とことん理事長と闘うべきですね。負けないでください」

「ええ。あなたに勇気をいただいたんで、とことん闘うことにしました」

穂積が覆面パトカーを降り、地下鉄駅の方向に歩き出した。尾津はいったんスカイラインを降り、助手席に坐った。

「しばらく名取に張りついてみようよ」

か？」

尾津は訊いた。

白戸が言った。尾津はうなずき、上着のポケットからセブンスターを摑み出した。

2

全身の筋肉が強張《こわば》りはじめた。

同じ姿勢で張り込んでいるせいだろう。

　尾津は坐り直し、首を回した。午後九時を回っていたが、名取はまだ自分の事務所に留《とど》まっていた。仕事が忙しいらしい。

「尾津さん、腹ごしらえをしといたほうがいいよ」

運転席で、白戸が言った。尾津はハムサンドを頰張り、缶コーヒーを飲んだ。あまり食欲はなかった。

白戸が物欲しげな目で、尾津の残りのサンドイッチを見た。

「喰うか？」

「いいの？」

「全部、喰ってもいいよ」

尾津は、透明な包装紙にくるまれたミックスサンドを白戸に渡した。

「なんか悪いな」

「遠慮するなって」

「じゃ、貰っちゃうね」

白戸が照れた顔で言い、サンドイッチを豪快に食べはじめた。尾津は、また缶入りのコーヒーで喉を潤《うるお》した。

聖華女子高校を一方的に解雇された英語教師が去った後、彼は能塚室長に穂積から聞き出した情報を電話で報告していた。室長と勝又主任は、その裏付けを取ってくれることになっていた。

だが、なんの連絡もない。穂積の話は事実ではなかったのか。

そう思いかけたとき、尾津の官給携帯電話が着信音を発した。電話をかけてきたのは、能塚だった。

「最初、鮎沢留衣の件から話すぞ。勝又と一緒に目黒区碑文谷《ひもんや》にある鮎沢宅に行って、留衣の母親から話を聞いたんだ」

「それで？」

「留衣は名取理事長にいかがわしいことをされたとは打ち明けてなかったが、必ず二年生に進級できると余裕ありげに自殺する半月前に言ってたらしいよ。おそらく名取の個人指導を受けて、進級させてもらえるという言質を取ったんだろう」

「そうなんでしょうね。留衣は進級したい一心で、名取に身を任せた。名取は性的な満足を得られなかったんで、約束を違《たが》えた。留衣は進級できないと知って、厭世的《えんせいてき》になってしまったんでしょう」

「十代のころは精神が不安定だから、つい短絡的な考えに陥ってしまったんだろうな」

「だと思います。能塚さん、デザイン専門学校の事務局で働いていた離婚歴のある女性はわかりました?」

「ああ、わかったよ。久本希《ひさもとのぞみ》という名で、享年三十だった。所轄の大塚署《おおつかしょ》は事故死と他殺の両面で二年ほど捜査をして、結局、転落死と判断したそうだよ。あいにく歩道橋付近に防犯カメラは設置されてなかったし、目撃証言も寄せられなかったんで……」

「そういう結論に達したわけですか」

「そうらしいんだ。ただ、ベテラン刑事のひとりは捜査が打ち切りになるまで久本希は誰かに歩道橋の階段から突き落とされて死んだと疑ってたようだな。希は友人に自分が妊娠中であることを明かし、子供の父親は有力者なんだと自慢げに喋ってたんだってさ」

「父親の名までは明かさなかったんですね?」

尾津は確かめた。

「そうなんだ。久本希は不倫相手は妻子持ちだから、結婚はできない。それでも、自分は相手の子を産んで育てるつもりだと言ってたらしい。母子が生活に困らないよう面倒を見てもらえるだろうと楽観してたそうだ」

「それだけで久本希の不倫相手が名取賢太郎とは断定できませんが、女癖の悪い理事長は疑わしいですね」

「そうだな。名取が誰かに久本希を転落死させた疑いはあるが、心証だけでは動けない。忌々《いまいま》しいことだが」

「名取は不倫を重ねてただけではなく、聖華女子中・高校生に淫《みだ》らなことをしてたと思われます。問題のある少女たちを進級させてやると騙《だま》し、体を弄んでることが発覚したら、一巻の終わりです」

「ああ、間違いなく破滅だな。名取は父親の志賀辰之助にスプリングボードを用意してもらって、学校経営者になった。篤志家として尊敬もされてるようだ。しかし、裏の貌《かお》を暴《あば》かれたら、築き上げたものをすべて失うだろう」

「それだけじゃありません。名取は犯罪者という烙印《らくいん》を捺《お》されてしまいます。五十七歳の男が人生をリセットするのは、そうたやすくないはずです」

「リセットは難しいだろうな。三年十カ月前に忽然《こつぜん》と姿を消した愛人の花輪朋美も、名取に始末された疑いがある。多田忠彦と内村護は名取が朋美の失踪に絡んでることだけではなく、おそらく美人検事の久住詩織の事件にもタッチしてる証拠を握り、身内をデザイン専門学校や英会話教室の理事にさせたんだろう。そして、二人は半ば永久的に名取から金を搾《しぼ》るつもりでいたにちがいない」

「でしょうね」

「名取は第三者に久住詩織、多田忠彦、内村護の三人を始末させたようだな。その前に久本希と花輪朋美を片づけさせてるんだろう」

「室長、美人検事は多田と内村の悪事を調べ回ってましたが、名取の身辺を洗ってた事実はまだ未確認なんです」

「わかってるよ。久住検事は、名取が女子中・高校生に個人指導と称して淫なことをしてるという告訴を受けて、単独で内偵してたんじゃないのか。相棒だった多田検察事務官は数々の悪事に手を染めてたし、名取を内村と一緒に強請《ゆす》ってた。だから、コンビで名取の犯罪の起訴材料を集めるわけにはいかなかった。そういうことなんじゃないのか」

能塚が言った。

「そういう推測もできるでしょうが、そうならば、美人検事は直属の上司に単独で名取を内偵してることを明かすと思うんですよ。しかし、有馬班長はそういう話は一度もしてまいわけだ」

「そうだったな。有馬班長と名取にはなんの繋がりもないわけだから、別に隠す理由はな

「ええ」

「女検事は単独で名取賢太郎をマークしてることを誰にも話せない事情があったのかもしれないな。尾津、どう思う?」

「そうだったのかもしれませんね。久住検事と親しい人物が名取の悪事に加担してる疑いがあったんで、単独で内偵捜査をしてたんでしょうか」

「きっとそうにちがいない。女検事と最も関わりのある人物となると、彼氏だった駒崎諒一だな。しかし、駒崎は連れだって歩いてた久住詩織を庇《かば》おうとして、犯人の長谷川宏司に左腕と脇腹を傷つけられてる」

「ええ、そうですね。駒崎諒一は恋人を護り切れなかったことで自分を責め、実家の事情もあって『フジヤマ建工』を辞めてから、副住職になりました」

「仏の道を究《きわ》めようとしてる者が名取の悪事に手を貸すなんてことは考えられない。第一、駒崎と名取には接点がないはずだ」

「大久保係長から渡された捜査資料を読んでも、二人にはまるで接点はありませんでした

ね」

「ああ。久住検事と深い繋がりのある人物は、これまでの捜査ではほかに浮かび上がってなかったと思うが……」

「駒崎諒一のほかにはいませんね」

「美人検事は、名取と結びついてる知り合いの疑惑が消えるまで有馬班長に単独で内偵してることを明かす気はなかったようだが、そいつは誰だったのかね。それがわかれば、事件解決に結びつくんだがな」

「そうですね」

「名取は、まだオフィスから出てこないんだよな?」

「ええ」

「今夜はキャッシー・マッカラムとかいう愛人宅に寄らずに柿の木坂の自宅にまっすぐ帰るんじゃないのか?」

「そうなったら、張り込みを切り上げます」

尾津は電話を切り、白戸に室長から聞いた話を伝えた。

「久本希は転落死だったと所轄署が断定したんなら、そっちの線から名取を追い込むことは無理だろうね」

「多分な」

「けど、花輪朋美の安否はわかってない。もうこの世にいないかもしれないが、どこかでシングルマザーとして朋美は名取の子を育ててる可能性もある。朋美が生きててくれることを祈りたいね」

「そうだな」

「おれも女好きだけど、名取は身勝手だね。ナマが好きなんだろうけど、不倫相手をやたら孕《はら》ませちゃいけないでしょ？　名取は中絶手術費用を渡せばいいと軽く考えてるんだろうけど、女にとって堕胎《だたい》は重いことだからさ。バースコントロールに協力しないとね」

「おまえは避妊には気を配ってるのか？」

「危ない時期だと言われたら、必ずスキンを使ってる。遊んだ女を妊娠させたことは一度もないんだ。女好きなら、それぐらいの配慮はしないとね」

「話が脱線してるな」

「おっと、いけねえ」

白戸が頭を掻いた。

「美人検事が多田の悪事の証拠集めをしてて、名取の乱れた女性関係だけじゃなく、聖華女子中・高校生にいかがわしいことをしてた事実を知ったとしたら……」

「名取が何らかの方法で長谷川宏司と接触して、久住詩織を殺《や》らせた疑いもあるよね。連れの駒崎まで怪我させたのは、衝動殺人に見せかけるためだったんでしょう。駒崎はとばっちりを受けたんだろうな」

「名取が少女たちの体を弄んでたことを女検事に知られたら、誰かに始末させる気になるだろうか。白戸、そっちの意見を聞かせてくれ」

「おれが名取なら、間接的な方法で正義感の強い女検事を消すでしょうね。もし久住詩織に花輪朋美の失踪に深く関わってることまで知られてしまったら、間違いなく抹殺すると思うよ」

「そうするだろうな。室長に女検事の事件《ヤマ》には名取は関わってない気がすると言ってしまったが、そう判断するのは早計だったのかもしれない。名取賢太郎は生徒たちを玩具《おもちゃ》にしてただけではなく、愛人の失踪に絡んでた疑いもあるわけだからな」

「尾津さん、いつもらしくないね。筋の読み方にあれこれ迷ってる感じだな。確かに捜査が混迷してるんで、判断が鈍っちゃうよね。もっと単純に考えるべきなんじゃない？　つい偉そうなことを言ってしまったが、聞き流してほしいな」

「別段、気分を害してなんかないよ。名取は多田と内村の二人に危《ヤバ》いことを知られただけじゃなく、久住詩織にもいろいろまずいことを嗅ぎつけられたんだろうから、三年四ヵ月前の事件《ヤマ》の主犯だった疑いは拭えない」

「そうだね。ただ、釈然としないのは女検事が単独で名取をマークしてた点なんだよな。特捜部特殊・直告班の有馬班長に内緒で名取を洗ってたのは、親しくしてた人物が好色な学校経営者と繋がりがあるんで……」

「真相がわかるまでは極秘に内偵してたんだろうな」

「そうだと思うね。尾津さん、女検事の大学の先輩か誰かが名取の学校法人の弁護士を務めてるんじゃない？ 久住詩織はその先輩に何か大きな借りがあって、名取と黒い関係があることを糺《ただ》すことができなかった。そうこうしてるうちに、女検事は名取に金で雇われた長谷川に殺《や》られてしまった。少しこじつけっぽいけどさ、そんなふうにもストーリーを組み立てられるでしょ？」

「そうなんだが、おれの勘では名取は美人検事殺しにはタッチしてないような気がするんだ。関与してるとしたら、名取は行方不明中の花輪朋美を殺害したことを美人検事に知られてしまったんだろうな」

「朋美が本気でシングルマザーになる気でいたんなら、名取は狼狽するだろうね。隠し子がいることを妻や息子に知られたら、家庭に波風が立つ。一般企業のオーナー社長と違って、学校経営者は表向きには紳士然としてなきゃならないでしょ？」

「そうだな。ただの企業家のように利潤だけを追い求めてるんではないことをアピールするため、名取賢太郎は交通遺児を対象にした奨学金を支給したり、児童福祉施設に多額の寄附をしてきた」

「捜査資料によると、十数億円も私財を吐き出してるみたいだよ」

「そう記《しる》されてたな。名取は善人の仮面を被りながら、素行や学業に問題のある中・高校生に淫行《いんこう》を繰り返してたんだろう。アウトローたちよりも性質《たち》が悪い。赦《ゆる》しがたい卑劣漢だよ」

「そうだね。なんかもどかしくなってきたな。物証を固めてから犯罪者に迫るのが捜査の基本なんだけどさ、反則技を多用して名取を袋小路に追い込みたくなったな。尾津さん、能塚さんには内緒で名取を締めつけちゃわない？」

「相手はヤー公じゃないんだ。そうするわけにはいかないよ」

「いつもの尾津さんらしくないな。まさか名取が大物財界人の隠し子だってことで、ビビってるわけじゃないでしょうね？」

「おれは独身なんだ。何も背負ってるものはないんだから、志賀が警察庁《サッチョウ》や警視庁《うち》に圧力をかけてきたって、必要ならば、反則技で名取を追いつめるさ。しかし、まだ時期が早すぎるよ」

「そうだね、確かに」

「白戸、あんまりせっかちになるな。急《せ》いては事を仕損じる」

尾津は言って、缶コーヒーを飲み干した。

張り込みを続行する。貸ビルの地下駐車場から黒塗りのベントレーが走り出てきたのは、午後十時二十分ごろだ。

ステアリングを握っているのは名取だった。同乗者はいない。

「追尾します」

白戸がライトを点けた。ベントレーが遠ざかってから、スカイラインが静かに走りだした。

ベントレーは銀座から汐留《しおどめ》経由で第一京浜国道に入った。柿の木坂の自宅をめざしているなら、別のルートを走るはずだ。

「名取は、高輪の愛人のマンションに行くんだろう」

尾津は言った。

「キャッシーという金髪女を抱く気になったんだろうね。五、六十代の男はたいてい白人の女に憧れを抱いてるから、名取は金髪美人をセックスペットにしてることを心の中では誇らしく思ってるんじゃないの？」

「ああ、多分な」

「欧米人の多くは口にこそ出さなくても、東洋人に対してはある種の優越感を持ってる。白人女名取は金を持ってるから、元英語教師のキャッシー・マッカラムを愛人《レコ》にできた。白人女をサディスティックに抱いて、名取は下剋上《げこくじょう》の歓《よろこ》びに浸ってるんでしょう」

「なんか羨《うらや》ましげな口ぶりだな」

「西洋人はルックスもプロポーションも悪くないけどさ、肌理《きめ》が粗《あら》い。背中が産毛《うぶげ》に覆われてる女もいる。あの部分も緩《ゆる》めなのが多いね」

「買った白人娼婦たちの印象なんだろ、それは？」

「うん、まあ。おれは東洋人、特に日本人女性がいいね。個人差はあるけどさ、羞恥心《しゅうちしん》がある。恥じらいながらも、官能に溺れてしまう相手の痴態《ちたい》が男の欲情をそそるわけでしょ？」

「そうだが、性談義に耽《ふけ》ってる場合じゃないぜ」

「おっしゃる通り！」

白戸が笑ってごまかし、ステアリングを握り直した。

ベントレーは第一京浜国道を品川《しながわ》方面に進み、高輪二丁目に入った。国道から四、五百メートル進んだ所に八階建ての豪華マンションがそびえている。

ベントレーは、『高輪ロイヤルパレス』の表玄関に横づけされた。

だが、なぜか名取は運転席に坐ったままだ。白戸が覆面パトカーをベントレーの二十メートル後方の暗がりに入れた。

尾津は視線を延ばした。暗くて確認はできないが、名取は耳に携帯電話を当てているようだ。キャッシー・マッカラムを部屋から呼び出し、二人は車でどこかに出かけることになっているのだろう。
五、六分待つと、高級マンションのアプローチから金髪の白人女性が現われた。まだ若い。グラマラスな体型だった。キャッシー・マッカラムだろう。
ブロンドの女はベントレーを回り込み、助手席に乗り込んだ。すぐに名取はベントレーを走らせはじめた。

白戸がたっぷりと車間距離をとってから、スカイラインを発進させた。ベントレーは住宅街を走り抜け、やがて六本木通りに出た。

「深夜レストランで飯を喰うつもりなんじゃないの？　腹ごしらえをしてから、キャッシーの部屋で濃厚なプレイをするんだろうな」

白戸が呟くように言った。尾津は黙って聞いていた。

ベントレーは、六本木三丁目にある深夜レストランの専用駐車場に入った。名取は連れの白人女性をエスコートしつつ、深夜レストランの中に入っていった。

白戸が店の斜め前の路上にスカイラインを停めた。手早くライトを消し、エンジンも切る。

「二人が出てくるまで待とう」

尾津はシートベルトを外した。

3

店の駐車場から車が走り出てきた。

黒いベントレーだった。午前零時数分前だ。

運転しているのは、金髪の白人女性だった。

名取は後部座席に腰かけている。深夜レストランで酒を飲んだため、愛人にステアリングを握らせたのか。

尾津は一瞬、そう思った。だが、名取のかたわらには男が坐っていた。年恰好《としかっこう》は判然としなかった。

「キャッシーと思われる女は、顔を引き攣《つ》らせてたよ」

白戸が言って、イグニッションキーを捻った。

「リアシートに坐った名取の様子はよく見えなかったが、少しおかしかったな。横に坐った男に刃物か拳銃を突きつけられてるんじゃないだろうか」

「尾津さん、そうなんだと思うよ。街灯の光で、名取と並んで坐ってる男の険《けわ》しい顔がちらりと見えたんだ。四十年配だったね」

「そいつは、深夜レストランの専用駐車場に身を潜めてたのかもしれない。で、店から出てきた名取たち二人に物騒な物をちらつかせてベントレーに乗り込んだんじゃないのかな」

「そうかもしれないね」

「細心の注意を払いながら、ベントレーを追尾してくれ」

尾津は指示した。白戸が覆面パトカーを走らせはじめる。ベントレーは闇に紛《まぎ》れかけていた。

「名取の横にいる男は組員じゃなさそうだが、どこか崩れた感じだったね。半グレなのかもしれないな。あっ、もしかしたら……」

「白戸、何か思い当たったんだな？」

「うん、ちょっとね。あの男は名取に頼まれて、久本希を歩道橋の階段から突き落として死なせたんじゃないのかな。それから、検察事務官の多田と竜門会の内村会長を始末した奴かもしれないよ」

「つまり、殺し屋なんじゃないかってことだな?」

「そう。成功報酬のことで揉めたのかもしれないね。あるいは、名取は別の人間に殺し屋を片づけさせようとしたのかもしれないな」

「それで、リアシートに腰かけた男は何か名取に仕返しをする気になった?」

「考えられないことじゃないでしょ? 横にいる奴に久本希、多田忠彦、内村護の三人を葬らせたとしたら、名取は致命的な弱みを握られたことになる。相手が殺しの報酬の追加分を要求してきても、名取は拒めないでしょ? 言いなりになるほかない」

「といって、きりなく金を無心されたら、たまらない。で、名取は別の犯罪のプロに殺し屋を始末させようとした。しかし、しくじってしまった。そういうことなんだろうか」

「だと思うな」

「しかし、三人を片づけた殺し屋も名取に弱みを知られてることになるぞ。名取が開き直ったら、自分も殺人容疑で捕まる。名取に際限なく金をたかる気になるかね。また、名取が別の者に横に坐ってる男を片づけさせるとは思えないな」

「えっ、どうして?」

「白戸、よく考えてみろ。そんなことをしたら、名取は二人の人間に致命的な弱みを押さえられたことになるじゃないか」

「あっ、そうか。おれの読みは、ちょっと浅かったね」

白戸がばつ悪げに笑った。

ベントレーは六本木通りに出ると、渋谷方面に向かった。追走しつづける。

ベントレーは玉川《たまがわ》通りを直進し、東名高速道路の下り線に入った。厚木《あつぎ》ＩＣ《インターチエンジ》から国道二四六号線をたどり、伊勢原《いせはら》市方面に向かった。伊勢原津久井《つくい》線をひた走り、やがて清川村《きよかわむら》の外れから林道に乗り入れた。

「視界は悪くなるが、スモールライトに切り替えてくれ」

「了解！」

白戸が指示に従い、さらに車間距離をとった。林道を七、八百メートル行くと、急に視界が展《ひら》けた。

左手前方に別荘と思われるロッジ風の二階家が建っていた。敷地は広く、庭木の半分は自然林だった。ベントレーは車寄せに停められた。白戸がスカイラインを林道の端に寄せた。ライトが消され、エンジンも切られる。

尾津は静かに車を降り、中腰で別荘らしき建物に近づいた。目を凝らす。

運転席から出た白人女性が両手を高く挙げた。後部座席から押し出された名取は、すぐに両手を頭の上で重ねた。後《あと》から降りた男は、拳銃を握っている。型《タイプ》までは確認できなかった。

名取と金髪の女は先に建物の中に押し込まれた。拉致犯も家の中に消える。

白戸がスカイラインを降り、忍び足で近づいてきた。

「名取たちを拉致した男は、ハンドガンを持ってる。消音器は装着されてないと思うよ」

尾津は低く言った。

「最近は堅気も拳銃を手に入れてるから、名取とキャッシーと思われる女を拉致した奴がヤー公か半グレとは言えないんだよね」

「そうだな。犯人《ホシ》の別荘っぽいが……」

「殺し屋が別荘を所有してるという話は聞いたことないな。拉致犯は堅気《ネス》でしょ？」

「そう思うべきか」

「尾津さん、どういう段取りでいく？　名取たち二人を拉致した奴を監禁誘拐容疑で押さえて、手錠《ワッパ》掛けちゃう。銃刀法違反の現行犯なんだから、手荒に扱っても問題ないでしょ？」

「そうなんだが、名取たち二人が人質に取られてるんだ。拉致犯が発砲するかもしれないから、慎重に動こう」

「そうするか」

「とりあえず様子をうかがおう」

二人は姿勢を低くして、別荘風の建物に接近した。丸太の柵で囲われているが、門扉は開け放たれている。

尾津は屈《かが》み込み、数個の小石を拾い上げた。小石を敷地内に投げ込む。

警報アラームは鳴らなかった。防犯用の赤外線は張り巡らされていないらしい。

尾津は白戸に目配せし、先に敷地の内に忍び込んだ。白戸が後につづく。

二人は庭木伝いに奥に進み、ロッジ風の家屋《かおく》の広いサンデッキの下に隠れた。少しの間、どちらも息を殺した。拉致犯は侵入者に気づいていないようだ。誰何《すいか》する声は届かない。

尾津は伸び上がった。

サンデッキに面した部屋には、電灯が点いている。シャッターは下りていない。ドレープの厚手のカーテンには、わずかな隙間《すきま》があった。そこから、室内をうかがうことはできるだろう。

二人は短い階段を上がって、居間らしい部屋に近づいた。尾津は少し腰の位置を落とした。巨身の白戸は立ったままの姿勢でカーテンの隙間に目を寄せた。

名取は、茶色いロッキングチェアに坐らされていた。そのそばに、白人女性が立っている。怯えた表情だ。

拉致犯は背を向ける恰好だった。突き出した右手には、S&W《スミスウエッソン》910が握られている。

アメリカ製の自動拳銃だ。複列式の弾倉クリップには九ミリ弾が十五発も込められる。初弾を薬室に送り込んでおけば、フル装塡数は十六発だ。

「おまえは、英会話教室で講師をやってたキャッシー・マッカラムだな?」

「わたしのことまでどうして知ってるの?」

金髪女性が滑らかな日本語で、拉致犯に訊いた。

「おれは名取を一ヵ月以上も尾《つ》けてたんだよ。おまえが名取の最近の愛人だってことは、すぐにわかった。高輪の高級マンションを借りてもらって、たっぷり手当を貰ってるんだよな。教室で英会話を教えるよりも手っ取り早く稼げるからな」

「失礼なことを言わないで。わたしと理事長は、お金だけで繫がってるわけじゃないわ。恋愛関係にあるの」

「笑わせるな。名取のセックス相手を務めてる牝犬《めすいぬ》だろうが!」

「怒るわよ」

「撃たれたくなかったら、これで名取を椅子にきつく縛《しば》りつけろ！」

拉致犯が身を屈め、左手でロープの束を摑み上げた。キャッシーが無言で何度も首を横に振った。

「キャッシー、逆《さか》らわないほうがいい。言われた通りにしなさい」

「でも……」

「その男を怒らせちゃ駄目だ」

名取がキャッシーを説得する。犯人がロープの束をキャッシーの胸許に投げつけた。

キャッシーが両手でロープの束を受け取り、ためらいながらも拉致犯の命令に従った。

「いい娘《こ》だ。今度は素っ裸になってもらおうか」

加害者がキャッシーに言って、銃口を向けた。

「あなた、何を考えてるの⁉　わたしをレイプする気なのっ」

「犯したりしない。おまえが逃げないようにしたいだけだよ」

「嘘じゃないでしょうね？」

「ああ。早く服を脱げ！」

「わかったわ」

キャッシーが意を決したような顔で応じ、衣服とランジェリーを手早く脱いだ。ナイスバディだった。

豊満な乳房はマスクメロンほどの大きさだ。乳首はピンクで、盛り上がった乳暈《にゅううん》のメラニン色素も淡い。ウエストのくびれは深かった。腰の曲線が美しい。蜜蜂のような体型だ。

バター色の飾り毛は、ほどよい量だった。むっちりとした太腿がなまめかしい。

「生唾《なまつば》が溜まりそうだけど、強行突入したほうがいいんじゃない？」

白戸が囁き声で言った。

「犯人《ホシ》はキャッシーを姦《や》ったりしないだろう。強行突入したら、加害者は名取を射殺するかもしれない。そうなったら、担当事案の真相が永久にわからなくなってしまう恐れもあるぞ」

「そうだね。もう少し様子を見たほうがよさそうだな」

「そうしよう」

尾津は口を結んだ。

拉致犯が全裸になったキャッシーを近くのソファに坐らせ、ロッキングチェアに近づいた。

「名取、きさまに学校経営をする資格はないっ。素行や学業に問題のある女子中・高校生に進級させてやるとか言って乃木坂《のぎざか》の秘密部屋に連れ込み、体を弄んできたんだからな」

「おたくは、解雇した穂積に頼まれて仕返しの代行を請け負ったんじゃないのか？」

名取が言った。

「その元英語教諭がきさまに不当解雇されたことも調べ上げたよ。気の毒だと同情したね。きさまは、紳士面して非道なことばかりしてる。屑野郎だな」

「穂積は左翼かぶれみたいなんだ。そんな危険な教師をわたしの学校に置いとくわけにはいかないじゃないか。だから、退職金を割増しして早期退職してもらったんだよ。決して不当解雇なんかじゃない」

「秘密部屋で何人の生徒に淫らなことをしたんだっ」

犯人が声を荒《すさ》ませた。名取は返事をしない。

「あなた、聖華女子中・高校生にいやらしいことをしたの!?」

キャッシーが名取に顔を向けた。

「誰がそんなデマを流したか知らないが、わたしは生徒におかしなことなんかしてないよ」

「本当なの？　その言葉を信じてもいいのね？」

「キャッシー、わたしを信じてくれ」

名取が訴えるように言った。キャッシーが大きくうなずく。

拉致犯が無言で懐からアイスピックを摑み出し、名取の左の肩口に突き立てた。名取が歯を剝《む》いて唸った。

「罪を認めるまでアイスピックで刺しつづけるぞ」

「身に覚えがないことは答えようがないじゃないか」

「狡《ずる》い奴だっ」

犯人は吐き捨てるように言うと、アイスピックを乱暴に引き抜いた。間を置かずに、反対側の肩にアイスピックの先を沈める。

名取が、また長く唸った。どちらの肩口にも鮮血がにじんでいるにちがいない。

「鮎沢留衣にも何もしてないって言うのかっ」

「おたくは、あの娘《こ》の身内なのか？　父親にしては若すぎるな」

「姉の娘だよ、留衣は。おれは留衣の叔父だよ。ついでに、名前も教えてやろう。片桐《かたぎり》淳《じゅん》だ」

「ピストルを持ってるんだから、その筋の人間なんだな？」

「一応、おれは堅気だよ。アパレル関係の会社を経営してる。しかし、十代のころはグレてた。そのころの遊び仲間が何人か裏社会にいる。この拳銃は、昔の仲間のひとりが用意してくれたんだ。海外の射撃場《シューティング・レンジ》で十回以上は数種のハンドガンを実射してるんで、シュートの仕方はわかってる」

「わたしを撃つ気なのか？」

「場合によってはな。おれはまだ結婚してないんで、姪の留衣を自分の娘のようにかわいがってたんだ。留衣が感電自殺する三日前におれに電話をしてきて、涙声できさまに騙されたと言ってきたんだよ」

「えっ⁉」

「留衣は落第したくなかったんで、きさまに抱かれた。しかし、どうしてもフェラチオはできなかった。きさまはそのことを不満に思ってたんで、留衣を二年に進級させなかった。姪が理事長に体を与えて進級しようと考えたことにも問題はある。しかしな、生徒の弱みにつけ入った大人は赦せないな」

「わたしは、そんな卑劣なことはしてない」

「嘘つけ！」

片桐が前に回り込み、名取の腹部にアイスピックの先端を埋めた。名取が痛みを訴え、首を前に倒した。

「きさまが罪を認めないなら、こっちも手加減しないぞ」

片桐がキャッシーを手招きした。キャッシーがソファから立ち上がる。弾みで、乳房がゆさゆさと揺れた。

「何をさせる気なの？」

「ひざまずいて、おれの男根《コック》をくわえろ」

「そ、そんなこと……」

「好きでもない男の性器なんか口に含めないよな？」

「当たり前でしょ！」

「そうだよな。なのに、名取はしつこく姪の留衣にフェラチオを求めたんだ。留衣が拒みつづけると、おまえのパトロンは荒々しく体を繋いで、精液を留衣の顔面に噴射させたらしい」

「信じられない話だわ」

「口唇愛撫を強いられるのがどれだけ屈辱的なことか名取に教えてやる。おまえにはなんの恨みもないが、運が悪かったと思ってくれ」

「ノーと言ったら？」

「名取の全身にアイスピックを突き立て、血塗《まみ》れにする。下手したら、おまえのパトロンは失血死するだろう」

「キャッシーを巻き込むのはよせ！　彼女は関係ないじゃないかっ」

名取が片桐を詰《なじ》った。

「愛人の前ではカッコつけたいってわけか。確かにキャッシーには関係のないことだ。だから、少し前に運が悪かったと諦めてくれと言ったんだっ」

「…………」

「進級させてやると言って、いままでに何十人の生徒の体を弄んだんだ？　もしかしたら、百人以上の女生徒を秘密の部屋に連れ込んでたんじゃないのか？」

「二十数人だよ」

「ようやく認めたか。素直にオーラルセックスに応じなかった女の子は、留衣と同じように進級させなかったのかっ」

「そういう生徒が七、八人いたな。セックスに口唇愛撫は付きものじゃないか。違うかね？」

「中学生や高校生の娘《こ》にそれを強要するなんて、きさまは変態野郎だ！」

片桐が喚《わめ》き、S＆W910の銃把《グリップ》で名取の側頭部を強打した。骨と肉が鈍く鳴る。

名取がロッキングチェアごと横転し、長く呻いた。キャッシーがロッキングチェアを起こそうとする。片桐が語気荒く制止した。

「動くな！　余計なことをするんじゃない。おれの姪は、まだ十六だったんだ。もっと生きたかったはずだよ。でも、留年させられたんで前途を悲観したにちがいない。名取が留衣を殺したようなもんさ」

「理事長を殺すつもりなのね？」

「殺しはしないよ。それだけの価値のある男じゃないからな。でもな、まだまだ嬲《なぶ》り足りない。名取にとことん惨《みじ》めな思いをさせてやる」

「どうしても、わたしにオーラルセックスをさせる気らしいわね。わかったわ。でも、理事長を殺さないって約束してもらえる？」

「いいだろう」

「なら……」

キャッシーが片桐の前で両膝を落とし、スラックスのファスナーを引き下ろした。

「もう限界だな。突入しよう」

尾津は白戸に言って、サッシ戸を拳《こぶし》で叩いた。

片桐が鮮血に染まったアイスピックをソファセットの背後に投げ放ち、キャッシーを払いのけた。ファスナーを引っ張り上げ、サンデッキの方に歩いてくる。

尾津と白戸は左右に分かれ、外壁にへばりついた。

クレセント錠が解かれ、レースのカーテンと厚手のドレープカーテンが勢いよく横に払われた。電灯の光がサンデッキを明るませる。

サッシ戸が開けられ、S&W910の銃身が突き出された。

尾津は、片桐の右手首に手刀打《しゅとう》ちを見舞った。自動拳銃がサンデッキの床板に落ちて、四十センチほど滑走した。暴発はしなかった。

白戸が片桐に組みつき、シグ・ザウエルP230の銃口を脇腹に突きつけた。

尾津はハンカチを被せてから、S&W910を摑み上げた。安全弁を掛けて、上着の右ポケットに突っ込む。

「警視庁捜査一課の者だ。ある事件の捜査で、ずっと名取賢太郎をマークしてた」

「そうだったのか。六本木の深夜レストランの斜め前に黒いスカイラインが路上駐車してたが……」

「おれたちが張り込んでたんだよ。そっちと名取の遣り取りは、ここで聞かせてもらった。そっちの名も、感電自殺した鮎沢留衣ちゃんの叔父であることも知った。拳銃は押収するぞ」

「は、はい」

「ここは、そっちの別荘なのかな？」

「そうです」

片桐が素直に答えた。すでに観念した様子だ。

尾津たちはサンデッキで靴を脱ぎ、三十畳ほどの広さの居間に入った。キャッシーが腕で胸を隠す。下半身は手で覆わなかった。日本人女性なら、乳房と股間を隠すものだ。恥じらいの感覚が異《こと》なるのだろう。

「怪しい者じゃありません。警視庁の刑事です。まず服を着てください」

尾津はキャッシーに言った。キャッシーが衣類とランジェリーを胸に抱え、ソファセットの後ろに回った。

尾津は、倒れたロッキングチェアに歩み寄った。椅子ごと名取を抱え起こす。縛《いまし》めをほどいてから、尾津は警察手帳を見せた。

「わたしは被害者なんだ。検察事務官の多田と竜門会の内村会長はわたしのスキャンダルを恐喝材料にして、ずっと苦しめてきたんだよ」

「だから、犯罪のプロに二人を始末させたわけですね。その前に、かつての愛人の久本希さんも片づけさせてるでしょ?」

「えっ」

「それだけじゃない。三年十カ月前に失踪した花輪朋美さんも葬った疑いがある。あんたの悪事を知った東京地検特捜部の久住詩織検事も長谷川宏司に殺《や》らせたとも疑えるんですよね」

「その女検事の事件には、わたしは関与してない。言い逃れなんかじゃないよ。わたしが他人《ひと》に始末させたのは、多田、内村、久本希の三人だけだ。ただ、朋美は……」

名取が言い澱《よど》んだ。

次の瞬間、急に電灯が消えた。ほとんど同時に、爆音が轟《とどろ》いた。閃光も駆けた。非致死《スタン》手榴弾《グレネード》を投げ込まれたようだ。

尾津は爆風に飛ばされ、床に倒れた。居合わせた全員が吹き飛ばされた。平衡《へいこう》感覚が失われ、目が回る。気だるい。

自分の体が思うように動いてくれなかった。もどかしい。尾津はショルダーホルスターからシグ・ザウエルP230を抜き、手動式の安全弁を外した。

ちょうどそのとき、煙幕の向こうから黒い人影が迫ってきた。

「両手を挙げないと、撃つぞ！」

尾津は大声を張り上げた。だが、運動神経が麻痺《まひ》している。手指の動きがぎこちない。

人影が名取の手を取り、広間《サロン》から出ていった。

「白戸、ここは任せるぞ」

尾津は這《は》って玄関ホールに出た。立ち上がり、ソックスのままポーチに飛び出す。

ベントレーが急発進した。名取は助手席に坐っていた。運転しているのは、雇われている殺し屋ではないか。追っても無駄だろう。

ベントレーは、片桐の別荘から走り去った。どうやら名取は、犯罪のプロに身辺を護衛させていたらしい。

「くそったれ！」

尾津は闇に向かって吼《ほ》えた。

4

重要参考人を取り逃がしてしまった。

痛恨の極みだ。忌々《いまいま》しさが、いまも胸底に蟠《わだかま》っている。

尾津は、高輪の邸宅街の路上に立っていた。六、七十メートル先に、キャッシーの自宅マンションが見える。

脇道に駐車中の覆面パトカーの運転席には、相棒の白戸が坐っていた。コンビの二人は三十分置きにスカイラインを降り、名取賢太郎の愛人宅を見張っている最中だった。

片桐淳の別荘から名取が逃走したのは、五日前の深夜だ。尾津は、ただちに能塚室長に電話で事態を説明した。

本来なら、神奈川県警に監禁籠城事件を通報しなければならない。だが、警視庁と神奈川県警は反《そ》りが合わない。縄張り争いになることは避けたかった。

尾津は室長と相談の末、片桐とキャッシーを本庁に連れ帰った。職場に駆けつけた大久保係長に立ち合ってもらって、分室のメンバーは片桐を取り調べた。

片桐は姪の復讐目的で、名取とキャッシーを別荘に監禁しただけだった。一連の殺人事件には関与していなかった。片桐は留置され、拉致監禁及び銃刀法違反容疑で地検に送られた。

キャッシーからは長い時間をかけて、事情聴取した。彼女も、名取の一連の犯罪には加担していなかった。尾津たち二人は夜が明けない前にキャッシーを覆面パトカーで自宅に送り届けた。

Nシステムによって、名取の逃走ルートは途中まで判明した。片桐の別荘を離れたベントレーは大井松田《おおいまつだ》ICから下《くだ》り線に乗り入れ、岡崎《おかざき》ICで下りた。国道一号線を四キロほど走り、名鉄本線東岡崎駅の近くでベントレーは乗り捨てられた。

名取と連れの男の足取りをたどれたのは、そこまでだった。分室は本家の専従捜査班の協力を得ながら、名取の行方を追った。

分室の四人は手分けして、名取の自宅、銀座のオフィス、聖華女子中・高校、デザイン専門学校、英会話教室運営会社を回った。しかし、名取は家族や学校関係者にまったく連絡をしていなかった。

そのうち名取は愛人のキャッシーには連絡を取るかもしれない。尾津はそう予想し、丸三日、キャッシーの自宅に白戸と張りついてきた。だが、キャッシーは不審な動きは見せなかった。ショッピングをする以外は外出していない。

名取はほとぼりが冷めてから、キャッシーに電話かメールをする気でいるのだろうか。それとも、妻の姿子に連絡するつもりなのか。それも考えられるということで、能塚・勝又コンビは柿の木坂の名取宅の近くで張り込んできた。

尾津は腕時計を見た。

午後四時二十分過ぎだった。四時半に白戸と交代することになっていた。尾津は路上に駐《と》めてあるRV車に凭《もた》れた。

張り込みは自分との闘いだ。退屈になって気を緩めると、せっかくの手がかりを逃がしたりする。愚直なまでに粘り抜く。それが鉄則だった。

数分が過ぎたころ、『高輪ロイヤルパレス』から洒落《しゃれ》た自転車が走り出てきた。サドルに跨《また》がっているのは、キャッシーだった。パトロンの名取から何か連絡があったのかもしれない。

尾津は脇道に駆け戻り、白戸を手招きした。

スカイラインがすぐに走り寄ってくる。尾津は急いで助手席に乗り込み、相棒にキャッシーが自転車で出かけたことを教えた。

白戸がキャッシーのレモンイエローの自転車を追いはじめた。車間距離が縮まるたびに、スカイラインは路肩に寄った。尾行を覚《さと》られたくなかったからだ。

キャッシーは十分あまりペダルを漕《こ》ぐと、輸入食料品スーパーの駐輪場に入った。白戸が覆面パトカーを駐車場の端に停める。

「おれ、伊達《だて》眼鏡をかけて店の中に入るよ」

「待て。店内で名取と接触するとは思えないな。キャッシーは食料品を買い込んだら、自分のマンションに戻るんだろう。ここから、駐輪場が見える。車の中で、キャッシーが出てくるのを待とう」

「そうしますか。それにしても、名取はどこに潜んでるのかな。スタングレネードを投げ込んだ奴が、愛知県内に名取を匿《かくま》ったんだろうか」

「ベントレーを乗り捨てた周辺には潜伏してないだろう。逃走を手助けした男が用意した車で遠くに行ったんじゃないか。あるいは裏をかいて、東京に舞い戻ってる可能性もあるな。逃亡犯たちはよく裏をかくじゃないか」

「そうですね。まさか乃木坂の秘密マンションに隠れてるんじゃないだろうな」

「そこは、大久保係長の部下たちが張ってるはずだ。名取が潜んでたら、本家から分室に必ず連絡がくるさ」

「そうだね。箱根《はこね》と軽井沢《かるいざわ》にある別荘にも隠れてないだろうな。どっちも見つかりやすいからさ」

「そうだな」

「片桐淳の別荘で名取が供述したこと、どこまで信じていいのかな。多田、内村、久本希の三人は殺し屋《プロ》に始末させたと言ってたよね？　失踪した花輪朋美は自分の手を汚したみたいなことを匂わせてた。だけど、女検事の久住詩織の事件《ヤマ》には絡んでないと言ってたでしょ？」

「そうだったな」

「あれは苦し紛れの嘘だったとも思えるんだが、事実なんだろうか。そうだとしたら、長谷川の雇い主は誰なんですかね？」

「手がかりはゼロじゃない。〝中村一郎〟という偽名で長谷川の口座に二百万円を振り込んだ人物を割り出せば……」

「それがうまくいかなかったんで、捜査が空回りしてるんだよな。尾津さん、振り出しに戻ってさ、長谷川のおふくろさんに再聞き込みをしてみない？」

「キャッシーが名取と接触する気配がなかったら、そうしてみるか」

会話が途切れた。

それから間もなく、キャッシーが店から出てきた。スーパー名の入った白いビニール袋を提《さ》げている。

キャッシーが自分の自転車の横で立ち止まったとき、五十年配の細身の男が駐輪場に駆け込んだ。キャッシーが振り返る。五十男が、にこやかにキャッシーに話しかけた。

「白戸、あの男の素姓《すじょう》を調べよう」

尾津は先に車を降りた。白戸が急いで運転席を離れる。

二人は駐車場の中ほどで、キャッシーと五十絡みの男の話が終わるのを待った。

数分で、男はキャッシーから離れた。キャッシーが自転車に跨がり、駐輪場から出ていった。

五十男は灰色のアリオンのドア・ロックを外した。尾津は声をかけた。

「警視庁の者ですが、キャッシー・マッカラムさんとはお知り合いなんですか？」

「いいえ。わたし、調査会社の者なんですよ。橋爪《はしづめ》といいます。依頼人にある人物の所在地を調べてほしいと頼まれ、キャッシーさんから情報を集めようとしたわけです」

「依頼人は中村一郎と名乗ったんではありませんか？」

「そこまでご存じなら、個人情報を明かしても問題ないでしょう。依頼人の方はちょっと変わってましてね、三日前に公衆電話で恩義のある男性の居場所を調べてくれないかと……」

「捜してほしい相手の名は、名取賢太郎でしょ？」

「そうです、そうです」

橋爪と称した相手は、驚いた様子だった。

「依頼人はきのうの午後、会社の口座に着手金の二十万円を振り込んできたんですよ。それで、調査を開始したわけです」

「名取がキャッシーという女性と親密な関係にあることは、中村一郎と名乗った男が教えてくれたんすか？」

白戸が口を挟んだ。

「ええ。それから、調査対象者の個人情報も詳しく教えてくれましたよ。名取さんの奥さんや学校関係者にお目にかかったんですが、手がかりは得られませんでした。で、キャッシーさんにも協力を願ったんですけど、収穫はゼロだったんです」

「キャッシーさんがこのスーパーを利用してることは、依頼人から聞いたのかな？」

「そうです。金髪で目立つ容姿だから、キャッシーさんはすぐにわかるだろうと言われました。名取賢太郎さんは何か事件に関わってるんですか？」

橋爪が視線を白戸から尾津に移した。

「仕事上、その種の質問には答えられないんですよ」

「そうでしょうね」

「橋爪さん、名刺をいただけますか？」

尾津は言った。橋爪が快く名刺を差し出した。勤務先は『東西リサーチ』で、下の名は努《つとむ》だった。

尾津たちは謝意を表し、スカイラインの中に戻った。

「張り込みを中断して、長谷川の実家に行ってみたほうがいい気がするな」

白戸が呟いた。尾津は同意した。

高円寺に向かう。長谷川の実家に着いたのは、三十数分後だった。母親の郁恵は、まだ勤め先から戻っていなかった。

尾津たちはスカイラインをアパートの近くの路上に駐め、長谷川郁恵の帰宅を待った。

夕闇が漂いはじめたころ、長谷川母子が住んでいたアパートになんと駒崎諒一が入っていった。殺害された美人検事の恋人だった男は、どの部屋を訪れるのか。

尾津は白戸と顔を見合わせた。

「まさか駒崎は長谷川宅を訪ねるんじゃないだろうな。おれ、どの部屋に行くのか確かめてくる」

「待て、白戸！　大柄なおまえは目につきやすい。おれが行く」

「そのほうがいいかな」

白戸が言った。尾津はそっと車を降り、アパートに駆け寄った。

駒崎は長谷川宅のインターフォンを鳴らしている。応答はない。駒崎が部屋から離れた。

尾津は物陰に隠れた。

アパートの敷地から現われた駒崎は腕時計を覗き込むと、急に高円寺駅に向かって大股で歩きだした。近くの飲食店かどこかで時間を潰《つぶ》して、ふたたび長谷川宅を訪ねる気らしい。

尾津は駒崎を呼び止めたい衝動を抑えて、覆面パトカーに走り寄った。助手席に乗り込むと、白戸が口を切った。

「駒崎は、どの部屋に行ったの？」

「長谷川宅だよ。アパートには何度か来たことのあるような足取りだったな。長谷川宏司と駒崎に接点があったとは思ってもみなかったよ」

「尾津さん、〝中村一郎〟は駒崎なのかもしれないよ」

「だとしたら、駒崎が長谷川に美人検事を刺殺させたとも疑えるな。彼は詩織を庇おうとして、長谷川に組みついた。そのときに左腕と脇腹を刃物で切られたが、その傷は浅かった。その点が怪しいな」

「自分が長谷川の雇い主だってことを捜査関係者に見破られるのを恐れ、駒崎は被害者を演じたんですかね。おれたちの読み通りなら、駒崎と詩織の関係は良好ではなかったようだな。詩織に別れ話を持ち出されたんで、まだ未練のある駒崎は逆上してしまったのか」

「そんなことでは、恋人を長谷川に始末させたりしないだろう。正義感の強い久住詩織は彼氏の不正に気づいて、強く窘《たしな》めたんじゃないのか。あるいは、罪を償《つぐな》う気がないなら、告発も辞さないと宣告したのかもしれないぞ」

「そんなことになったら、お先真っ暗になる。駒崎はゼネコンの『フジヤマ建工』の社員だったんでしたよね。公共事業の落札を狙って国会議員や国土交通省のキャリア官僚に袖の下を使ったのかな。そういう汚れ役を務めてた彼氏に熱血女検事は愛想を尽かして、駒

崎に自首することを強く勧《すす》めてたんじゃない？　そう考えれば、駒崎には殺人動機がある
よね？」
「賄賂の汚れ役をやらされてたことも考えられるが、駒崎は個人的に誰かの秘密を恐喝材
料にしてた可能性もあるんじゃないのかな」
「大手ゼネコンの社員が恐喝《カツアゲ》なんかしないでしょ⁉」
「わからないぞ。駒崎は何かで大金を都合つけなければならない事情があって、心ならず
も犯罪に手を染めてしまったのかもしれない」
「そういうことなら、大手企業のサラリーマンも恐喝をやってしまうかもしれないね」
「あり得ないことじゃないと思うよ」
尾津は口を閉じた。
そのすぐ後、スカイラインの横を長谷川郁恵が通り抜けていった。尾津は助手席から素
早く出て、長谷川の母親に声をかけた。郁恵が体を反転させる。
「先日はどうも……」
「駒崎諒一さんはお知り合いだったんですね。かつて『フジヤマ建工』に勤めてて、いま
は沼津にある祥雲寺の副住職をやってる方です」
「諒一さんのことはよく知ってます。息子が小さいころ、わたしたち母子は祥雲寺のそば

のアパートに住んでたんです。わたしが仕事から戻るまで、宏司はいつも放課後はお寺の境内で独り遊びをしてたんです。息子は内気な性格なんで、友達ができなかったの」

「そうですか」

「住職ご夫妻はそんな宏司を不憫《ふびん》に思ったようで、ちょくちょく息子を庫裡《くり》に招き入れてくれて夕食を摂《と》らせてくれたの。諒一さんは宏司の遊び相手になってくれて、勉強もよく教えてくれたんですよ」

長谷川の母が言って、白戸に会釈《えしゃく》した。いつの間にか、相棒は尾津の斜め後ろに立っていた。

「そういうことなら、宏司さんは駒崎諒一さんを兄のように慕ってたんだろうな」

「ええ。息子は大好きな諒一さんの言うことには、一度も逆らったことはなかったわ。まるで家来みたいに諒一さんに仕《つか》えてましたよ、子供のころはね」

「大人になっても、そういう関係は変わらなかったのかな？」

「基本的には、そうですね。宏司は恩義を感じてる諒一さんから頼まれたことは、自分を犠牲にしてまでも……」

「期待に応《こた》えてた？」

白戸が話に加わった。

「ええ。諒一さんも、宏司によくしてくれたんです。それなのに、息子は諒一さんとは気づかずに赤坂で通り魔殺人なんか引き起こしてしまって。むしゃくしゃしてたんだと思うけど、行き会う相手の顔をよく見てたら、凶行に走ったりはしなかったはずです」

「お母さん、初動捜査の聞き込みのとき、駒崎さんとあなたたち母子が知り合いだとは言わなかったですよね。それは、どういうことなんです？　もしかしたら……」

「実は、諒一さんに加害者と被害者に接点があることは誰にも言わないでくれと口止めされてたんですよ。妙なことを言うと思ったんだけど、恩人にそう頼まれたんで、そういうことにしておいたの。いままで黙ってて、ごめんなさいね。諒一さんは実家に戻ってからも、月に二度は宏司の入院先に顔を出してくれて、わたしのことも力づけてくれてるの」

「駒崎さんが加害者と親しくしてることを捜査員に言わなかったのは……」

「お引き留めして悪かったですね」

尾津は長谷川郁恵に言って、白戸の袖を引いた。郁恵が一礼し、自宅アパートに向かった。

「おれ、余計なことを言いかけちゃったね」

「白戸、おれを焦らせるなよ。長谷川を操ってたのは駒崎諒一と考えてもいいだろう。三年四ヵ月前の通り魔殺人は仕組まれた犯罪《ヤマ》だったにちがいない」

「女検事は恋人の犯罪にどうしても目をつぶることができなかったんだろうね。で、警察に出頭しろと駒崎に言ったんでしょう。その気がないんだったら、久住詩織は自分が犯罪を告発すると言い渡したんじゃない？」

「多分、そうなんだろう。駒崎は悪事を隠蔽《いんぺい》するため、衝動殺人事件を仕組んだんだと考えられる。まとまった金を名取賢太郎から脅し取ったんじゃないだろうか」

「でも、二人には接点がないでしょ？」

白戸が言った。

「これまでの捜査に抜かりがあったんだろう。捜査当局の目を多田に向けさせた駒崎は、最終的に名取が怪しまれるよう画策してたんじゃないのかな。学校経営者とゼネコンの元社員には何か繋《つな》がりがありそうだ。駒崎がまた長谷川宅にやってくるかもしれない。車の中で待とう」

尾津はスカイラインの助手席に乗り込んだ。白戸も運転席に腰を沈めた。

二人は一時間待ってみた。だが、徒労に終わった。

「駒崎は、おれたち二人に気づいてたのかもしれないよ。だから、足早に立ち去ったんじゃないのかな。尾津さん、どう思う？」

「そうなんだろうか。いったん引き揚げよう」

尾津はシートベルトに手を掛けた。

5

電話中の勝又主任が急に指を打ち鳴らした。

尾津は、喫《す》いさしの煙草を灰皿に捨てた。分室である。長谷川郁恵から大きな手がかりを得たのは小《こ》一時間前だ。

勝又は大学時代の先輩が『フジヤマ建工』で働いていることを思い出し、その人物に電話をかけたのだ。

「なんか収穫があったみたいだね」

白戸が尾津に小声で言った。尾津は黙ってうなずいた。

その数秒後、勝又が通話を切り上げた。

「能塚室長、名取と駒崎諒一が繋がりましたよ」

「本当か!?」

「先輩の話によると、四年半ほど前に『フジヤマ建工』は聖華女子中・高校の講堂の増改築を請け負ったらしいんですが、その担当社員の中に駒崎諒一も入ってたそうです」

「勝又、でかしたじゃないか。アイドルユニットに夢中になってる気持ち悪い四十男だと思ってたが、やるときはやるな」

「気持ち悪いは余計でしょ！」

「細かいことは気にするな。やっぱり、勝又は無能刑事《デカ》じゃなかった。おれは嬉しいよ」

「ぼく、褒《ほ》められてるんですかね。それとも、けなされてるのかな」

「勝又、話をつづけてくれ」

「は、はい。なぜだか駒崎は名取賢太郎に気に入られて、ちょくちょくトローリングに誘われてたという話でした。伊豆《いず》大島沖で、駒崎は四十キロを超えるカジキマグロを釣り上げたことがあるそうです。名取はお祝いだとか言って、クルーザーでドンペリのゴールドを抜いてくれたみたいですよ」

「駒崎は、よっぽど気に入られたんだろう」

「そうなんだと思います。駒崎は柿の木坂の名取邸に呼ばれたり、名取の愛人を交えてゴルフを楽しんでたらしいですよ」

「そのころ、名取は花輪朋美と不倫してたんだよな？」

能塚が尾津に顔を向けてきた。

「ええ、そうです。これまでの聞き込みで、朋美が失踪時に妊娠してたことは間違いありません。名取は、朋美がシングルマザーになる覚悟を固めたことで狼狽したと推察できますね」

「名取は花輪朋美の失踪に深く関わってそうだな」

「物的な証拠はありませんが、名取は朋美を手にかけたというニュアンスのことを洩らしたんですよ。おそらく名取は朋美をどこか人気《ひとけ》のない場所に連れ出して、殺害したんでしょう。そのことを駒崎諒一に知られてしまったんじゃないのかな」

「で、駒崎は名取から多額の口止め料をせしめた？」

「そうなんでしょう。女検事は多田や内村が名取を強請《ゆす》ってる証拠を集めてるうち、恋人の駒崎も恐喝を働いてることを知ってしまった。それで、久住詩織は駒崎に警察に出頭することを勧めた」

「そうしなかったら、美人検事は彼氏の犯罪を告発するとはっきり言ったんだろうな。駒崎は保身のため、弟分のような存在の長谷川宏司に衝動殺人を装って恋人の女検事を刺殺させたんじゃないのか。尾津、そういうふうに筋を読んだんだな？」

「そうです。駒崎が自分の片腕と脇腹を凶器で浅く切らせたのは、長谷川とグルであることを看破《かんぱ》されたくなかったからなんでしょう」

「ああ、そう考えてもいいだろうな。駒崎が名取から多額の口止め料を脅し取ったのは、どうしてなのかね？」

「何かで多額の金が必要だったんでしょうが、具体的なことはわかりません」

「尾津さん、駒崎が副住職を務めてる祥雲寺の本堂は老朽化が目立ったよね？」

白戸が発言した。

「そうだったな。庫裡《くり》は改築したようで、それほど傷《いた》んでなかった。しかし、本堂はかなり古びてたな。階《きざはし》も歪《ゆが》んでた」

「駒崎は本堂を建て直したかったんじゃないの？　よほど檀家《だんか》が多くなきゃ、建立《こんりゅう》の寄附金なんか集まらない。といって、墓地を広げるスペースもないわけだ。億単位の建築費を寺が工面することはできないと思うよ。それだから、駒崎は名取が花輪朋美を殺した事実を種《ネタ》にして二億か、三億出させたんじゃない？」

「朋美が姿を消したのは、三年十カ月も前なんだ。白戸の読み通りなら、本堂はとっくに新しくなってるだろうが？」

能塚が言った。

「室長、もう少し考えてよ。脅し取った銭《ぜに》ですぐに本堂を建て直したら、駒崎は金の出所《でどころ》を警察、檀家、税務署なんかに詮索されちゃうでしょ？」

「そうだろうな」

「けど、七、八年経《た》ってから工事をすれば、怪しまれないと思うんだよね。多分、駒崎は一千万円ぐらいずつ小分けにして銀行に預けてあるんだろう」

「なるほど、そうなのかもしれないな。しかし、女検事殺しの件で駒崎をすぐに引っ張ることはできない。なんとか名取賢太郎の潜伏先を突きとめて、駒崎に強請られたことを認めさせよう。そうすれば、駒崎の身柄《ガラ》を押さえられるからな」

「そうだね」

白戸が口を結んだ。

ちょうどそのとき、本家の大久保係長が分室に駆け込んできた。緊張した表情だ。

「何か大きな動きがあったのかな？」

能塚が自席から離れ、大久保に歩み寄った。

「第二係《うち》に匿名電話がありまして、名取が神栖市《かみすし》の波崎《はさき》新港に舫《もや》われてる『正栄丸《しょうえいまる》』という漁船で寝泊まりしてるというんですよ。名取の知り合いの船長は入院中とかで、休業中らしいんです」

「偽情報《ガセネタ》かもしれねえな」

「ええ、そうですね。ですが、真偽を確かめに行く価値はあると思います。というのは、名取の母親は千葉県銚子《ちょうし》の出身で、利根川の対岸の神栖市には土地鑑があると思われます。それから、その漁船は地元の漁業組合に所属してますし、船長が肝硬変で入院してることも間違いありませんでした。部下に調べさせたんですよ」

「なら、チームの四人で波崎新港に行ってみるよ。おそらく名取は、多田、内村、久本希を始末した殺し屋《プロ》に身辺護衛をさせてるんだろう」

「考えられますね。四人とも拳銃を携行したほうがいいでしょう。なんなら、わたしの部下を二、三人同行させましょうか」

「大久保ちゃん、おれの部下たちはこれまでに銃撃戦の末に犯人《ホシ》を逮捕《パク》ったりしてきたんだ。殺し屋《プロ》が発砲してきたって、怯《ひる》んだりしないさ。勝又は、尾津か白戸の後ろに隠れるかもしれねえけど」

「ぼくは、そこまで腰抜けじゃありません。射撃術は中級ですけど、ちゃんと応戦しますよ」

勝又が抗議した。

「冗談だよ。おまえはオタクだが、いざとなったら、勇気を発揮する男だ。勝又ひとりに波崎新港に行ってもらって、名取を生け捕りにしてもらうか。ボディーガードの殺し屋とドンパチやらなきゃならないだろうけどな」

「室長は、ぼくを殉職させたいんですね。そうなんでしょ！」

「四十を過ぎても、まだガキなんだな。冗談も通じない部下がいると、なんか疲れるよ」

能塚が苦く笑った。大久保が困惑顔で分室を後にした。反応しにくかったのだろう。

分室の四人は武装すると、エレベーターで地下三階の車庫に下《くだ》った。能塚・勝又コンビがプリウスに乗り込む。運転席に坐ったのは勝又だった。

尾津たち二人は、割り当てられているスカイラインの中に入った。二台の覆面パトカーは相次いで発進した。プリウスが先導する形で都内を抜けた。

京葉《けいよう》道路から千葉東金《とうがね》道路をたどって、銚子市内に入る。利根川の河口には、銚子漁港がある。波崎新港は、その反対側にあった。利根川の向こう側だ。茨城県である。

二台の捜査車輌は波崎新港の端に並んで停まった。埠頭は暗い。人影も見当たらなかった。

尾津たち四人は静かに車を降りた。海から吹きつけてくる風は重い。スラックスの布地が脚《あし》にまとわりついて歩きにくかった。

四人は姿勢を低くして、岸壁を一列に進んだ。尾津が先頭だった。二十隻前後の漁船がビットに繋がれているが、どれも舷灯は点いていない。

密告内容が事実なら、もう名取は『正栄丸』の船室で寝《やす》んでいるのだろう。尾津は半信半疑だった。密告のタイミングがおかしい。

罠を仕掛けられたのではないかという思いが頭を掠《かす》める。名取は分室の四人を誘《おび》き出し、殺し屋に始末させる気になったのかもしれない。そうだとしたら、冷静さを失っている証左《しょうさ》だ。

尾津たち四人を亡き者にしても、警察が捜査を打ち切るわけはない。そんなことも考えられなくなっているほど、名取は罪を逃れたい気持ちで一杯なのか。追いつめられた犯罪者は判断力を失うケースが多い。

『正栄丸』は河口とは反対側の端に係留されていた。大きさから察して、十数トンの漁船だろう。

尾津はショルダーホルスターからシグ・ザウエルP230を引き抜き、安全弁を外した。白戸たち三人が倣《なら》う。

「おれと白戸が先に乗り込みますよ」

尾津は能塚に告げた。

「二人だけじゃ、危険だ。名取の近くにボディーガードがいるかもしれないからな」

「四人が一緒に突入するのは、かえって危ないですよ」

「そうかな。しかし、おまえたち二人を先に行かせるのは、室長としては……」

「大丈夫ですよ」

「いや、まず先におれが乗り込む。不意に撃たれたとしても、もう五十九なんだから、女房も諦めがつくだろう」

「行きます」

「待てよ、尾津」

能塚が接岸している『正栄丸』の舳先《へさき》に跳《と》び移る動きを見せた。尾津は肩で室長を弾《はじ》いた。能塚がよろけた。

その隙に、尾津は舳先から『正栄丸』に乗り込んだ。白戸が後につづく。

二人は機関室を回り込み、船室のドアを開けた。じきに目が暗さに馴《な》れた。

右側に二段ベッドがある。下のベッドが人の形に盛り上がっていた。名取が横たわっているのか。白戸が小型懐中電灯を点ける。

光輪が短い梯子段《はしごだん》に当てられたとき、寝具が撥ねのけられた。三十代後半の男が半身を起こし、サイレンサー・ピストルの引き金を絞った。

圧縮空気が洩れるような音がして、放たれた銃弾が尾津の肩の上を抜けた。尾津は反射的に撃ち返した。反動《キック》は小さい。

銃口炎が船室を一瞬、明るませた。

狙ったのは、相手の右腕だった。的《まと》は外さなかった。

消音型拳銃が男の手から落ち、床板を鳴らした。相手は呻きながら、ベッドの上で肘《ひじ》をついた。

「抵抗したら、てめえの面《つら》を撃ち砕《くだ》くぜ！」

白戸が声を張り、右腕を前に突き出した。左手の小型懐中電灯は握ったままだった。

尾津は梯子段を降り、床からマカロフP_bを拾い上げた。ロシア製のサイレンサー・ピストルだ。

「やっぱり、罠だったか。名取に指示されて警察に偽の密告電話をかけ、おれたちを待ってたんだなっ」

「………」

「黙秘権を使っても、どうにもならないぞ」

「誰なんだよ、名取って？」

男がせせら笑った。尾津は無表情のまま、マカロフP_bで相手の右腿《みぎもも》を撃った。男が獣じみた唸り声をあげる。

「いまのは暴発だ。おまえが銃身を摑みかけたんで、九ミリ弾が勝手に……」

「そんなことしてねえぞ」

「また暴発しそうな気がするな」

尾津は、相手の腹部に銃口を押し当てた。男が凶悪そうな顔を引き攣《つ》らせた。

白戸につづき、能塚と勝又が船室に降りてくる。三人ともシグ・ザウエルP230を構えていた。能塚は尾津に何も訊かなかった。白戸が室長に成り行きを教えたようだ。

「これじゃ、逃げられねえな。おれとしたことが……」

男が自嘲的な笑みを浮かべた。観念したようだ。

「名前から聞こうか」

「持丸《もちまる》、持丸力哉《りきや》ってんだ。三十八だよ」

「元自衛官かい？」

「そうじゃねえ。グアムの射撃場《シューティング・レンジ》で十年ほど働いてたんだが、給料が安いんで日本に戻ってきて……」

「ボディーガード兼殺し屋をやってたってわけか」

「そうだよ」

「名取はどこに潜伏してるんだ？」

「それは言えねえな」

「そうかい。おっと手が滑っちまった」

尾津はサイレンサー・ピストルの銃把《グリップ》の角で、持丸の額を撲《う》った。

持丸が野太《のぶと》い声で唸った。額が切れ、血の雫《しずく》が垂れはじめた。

「刑事《デカ》がこんなことをやってもいいのかっ」

「ちょっと手許が狂っただけじゃないか。騒ぐなって」

「くそったれめ！」

「多田、内村、久本希の三人を始末したことは認めるな？」

「ああ」

「三年十ヵ月前に失踪した名取の不倫相手の朋美は……」

「その女を車の中で絞殺して奥多摩の山林に埋めたのは、名取さんだよ。ひとりで名取さんの子を育てると言い張ったんで、仕方なく殺《や》っちまったんだってさ」

「やっぱりな」

「名取さんもツイてないやな。目をかけてた年下の男に愛人を殺したことを知られて、二億も口止め料を払う羽目になったんだからさ」

「恐喝したのは、駒崎諒一って男だな？」

「そこまで調べ上げてたか。駒崎は顔見知りの朋美が急に姿を見せなくなったんで名取さんを怪しみ、密かに尾行してたようだな。名取さんは朋美の月命日《つきめいにち》に奥多摩の山林に行って、死体を埋めた場所に花を手向《たむ》けつづけてたんだってさ」

「それで、駒崎に秘密を知られて二億円の口止め料を払わされたわけか」

「そうらしいぜ。おれが駒崎を片づけてやるって言ったら、その必要はないってさ。詳しいことは教えてくれなかったが、名取さんも駒崎の弱みを知ったから、わざわざ始末する必要はないんだと言ってたよ。駒崎にくれてやった金はさほど痛くもないんで、取り戻す気もないんだってさ。金持ちは、言うことが違うよな」

「名取の隠れ家を吐かなきゃ、もう一遍手許を狂わせるぞ」

「名取さんは、銚子大橋の袂《たもと》にある『波崎リバーサイドコーポ』ってマンションの三〇三号室にいるよ」

「そうか」

尾津は二段ベッドから少し退《さ》がった。能塚が両手に白い布手袋を嵌めながら、尾津に言った。

「こっちはおれたちに任せて、名取を押さえてくれ」

「わかりました」

尾津はマカロフP_bを室長に渡し、船室から甲板に上がった。すぐに白戸が船室から出てくる。

二人は『正栄丸』を降りると、スカイラインに乗り込んだ。

白戸が車を走らせはじめる。ほんのひとっ走りで、目的のマンションに着いた。三階建てで、エレベーターはない。

尾津たちは覆面パトカーを『波崎リバーサイドコーポ』の横に駐め、三階に駆け上がった。なぜか三〇三号室のドアは、ロックされていなかった。

尾津は素早くドアを開け、先に部屋に躍《おど》り込んだ。

すると、手前のダイニングキッチンに駒崎諒一が突っ立っていた。血糊《ちのり》でぬめった文化庖丁を握り、全身を小刻みに震わせている。目は虚《うつ》ろだった。

駒崎の足許には、名取賢太郎が仰向《あおむ》けに倒れている。左胸と腹部が血で赤い。身じろぎ一つしなかった。息絶えているのだろう。

「そっちが名取を殺《や》ったんだなっ」

尾津は駒崎を睨《にら》んだ。

「名取さんから本堂の建築費用を強請り取ったことが発覚したら、わたしの人生は終わりだと思ったんで、永久に口を塞《ふさ》がなければと……」

「そっちが長谷川を使って久住詩織を殺《や》らせたんだろっ」

「詩織は交際相手よりも、青っぽい正義感を優先させたんだ。わたしは、悪事を重ねてた名取さんから口止め料をせしめただけなんですよ。善人を強請ってたわけじゃない。もっと情《じょう》があると思ってたけど、詩織は氷のように冷たい女だった。情けをかけてほしかったですね」

「甘ったれたことを言うんじゃねえ。正当防衛ってことにして、[illegible]を殺すぞ」

白戸が怒声をあげ、シグ・ザウエルP230の銃口を向けた。詩織が竦みどころの文化庖丁を落とし、泣き崩れた。

「殺人教唆《きょうさ》容疑と殺人容疑のダブルだな」

尾津は拳銃をホルスターに仕舞い、腰から手錠を取り出した。手錠はひんやりと冷たかった。

著者注・この作品はフィクションであり、登場する人物および団体名は、実在するものといっさい関係ありません。

内偵

一〇〇字書評

切り取り線

購買動機（新聞、雑誌名を記入するか、あるいは○をつけてください）	
□（　　　　　　　　　　　）の広告を見て	
□（　　　　　　　　　　　）の書評を見て	
□ 知人のすすめで	□ タイトルに惹かれて
□ カバーが良かったから	□ 内容が面白そうだから
□ 好きな作家だから	□ 好きな分野の本だから

・最近、最も感銘を受けた作品名をお書き下さい

・あなたのお好きな作家名をお書き下さい

・その他、ご要望がありましたらお書き下さい

住所	〒				
氏名		職業		年齢	
Eメール	※携帯には配信できません		新刊情報等のメール配信を 希望する・しない		

この本の感想を、編集部までお寄せいただけたらありがたく存じます。今後の企画の参考にさせていただきます。Eメールでも結構です。

いただいた「一〇〇字書評」は、新聞・雑誌等に紹介させていただくことがあります。その場合はお礼として特製図書カードを差し上げます。

前ページの原稿用紙に書評をお書きの上、切り取り、左記までお送り下さい。宛先の住所は不要です。

なお、ご記入いただいたお名前、ご住所等は、書評紹介の事前了解、謝礼のお届けのためだけに利用し、そのほかの目的のために利用することはありません。

〒一〇一―八七〇一
祥伝社文庫編集長　坂口芳和
電話　〇三（三二六五）二〇八〇

祥伝社ホームページの「ブックレビュー」からも、書き込めます。

http://www.shodensha.co.jp/bookreview/

祥伝社文庫

内偵《ないてい》　警視庁迷宮捜査班《けいしちょうめいきゅうそうさはん》

平成26年6月20日　初版第1刷発行

著　者　南《みなみ》　英男《ひでお》
発行者　竹内和芳
発行所　祥伝社《しょうでんしゃ》
東京都千代田区神田神保町3-3
〒101-8701
電話　03（3265）2081（販売部）
電話　03（3265）2080（編集部）
電話　03（3265）3622（業務部）
http://www.shodensha.co.jp/

印刷所　堀内印刷
製本所　積信堂
カバーフォーマットデザイン　芥　陽子

 ISBN978-4-396-34041-4 C0193